REQUIEM ～レクイエム～

宇咲 海里

目次

本文

◎写真　映画『REQUIEM ～ある作曲家の物語～』より

カタツムリは冬になると何処にいくのだろう。

紫陽花の葉にも家の壁にもいなくなる。

ただ、銀色のヌルヌルとした粘膜の軌跡だけが、壁面に干からびてキラキラ光っている。

作曲家、城島匠《じょうしまたくみ》はグランドピアノの前に全裸で座っていた。上を向いて天井を見つめながらカタツムリが移動する姿を思い浮かべている。

部屋の中は暗く、間接照明がひとつだけ硝子棚の上に灯っている。かろうじて漆黒のグランドピアノがそこにあることが分かるほどのわずかな光だ。

カタカタと足を踏むように揺らす。

一定のリズムを刻むわけでもなく、でもどこか恣意的《しいてき》に、城島にしか聞こえない音楽に合わせてカタカタと足が揺れているようだった。

ピアノの上には書きかけの楽譜が散乱していた。大量の音符が五線譜の上に並んでいる。

城島はゆっくりと目を瞑《つむ》る。深く呼吸をし、闇の中に音が落ちてくるのを待ちながら、天井に顔を向ける。

城島はカタツムリが顔の上を這うような錯覚を覚え、咄嗟《とっさ》に顔を手で拭う。しかし、そこにカタツムリはいない。

ほんのわずかな間接照明の放つ電気的なノイズに目を開く。するとグランドピアノの前にある大きな鏡の中に、ふたつの生き物が混じり合う姿がぼんやりと浮かび上がってくる。

城島は何度も目にした光景なのか、驚きもせず、相変わらずのリズムで足を踏み鳴らし、そこから目を逸らさず、じっと見つめ、掌を握り締めていた。

七月

出版社の用意した撮影スタジオで城島はインタビューを受けていた。

俗っぽい白いグランドピアノの前に座らされている。その脇にインタビュアーの向井紗枝《むかいさえ》が座っている。三十手前という感じだろうか。笑顔が可愛らしい女性だった。周囲にはスチールカメラマンや助手の人間が数名で城島を取り囲んでいる。部屋の空調はあまり効いておらず、すこし蒸し暑かった。

第一声目の挨拶の時から、元々、城島のファンだと公言する向井は、終始熱く話をし、時間を忘れるくらい質問を続けていた。

対照的に城島はいつも通りの当たり障りのない回答を繰り返した。そして最後には爽やかな笑顔で微笑んだ。それはあたかもテンプレートがあるかのように同じだった。しかし、不思議とそんな見え透いた営業用の笑顔でも、嫌な気持ちにさせない容姿と、ある種の才能を持っていた。

「では、そろそろこの辺でよろしいでしょうか?」

時計をチラチラ見ながら、話を止めるタイミングを窺《うかが》っていたアシスタントの姫野光一が声をかける。

「あ、はい。すみません。それでは最後に読者の皆様に向けてメッセージをお願いします」

向井は名残惜しそうに城島を見た。


城島はカメラの先にいるであろう、読者や視聴者に向けてコマーシャル用の常套句《じょうとうく》を、作り笑顔でスラスラと話した。

「今日は本当にありがとうございました。来月号、巻頭で掲載させていただきます！」

立ち上がる城島のピンマイクを、向井は外しながら礼を言った。

「では、細かい掲載に関しての話は、追って私宛に連絡をください」

と姫野が、話を続けそうだった向井と城島の間に割って入り、スタジオの出口の方に向かうように城島に合図した。

ドアに向かって歩いていく城島を目で追いながら、すこし上気した表情で、向井はその背に深々と「ありがとうございました」とお辞儀をした。


城島と姫野はエレベーターに乗ってスタジオの玄関に向かった。

城島はインタビュー中とまるで別人のように、不機嫌そうだった。

「前にも言ったけど、できるだけ取材とかは受けないようにしてくれよ」

「前にも言いましたが、そういう訳にもいかないんです。先生もわかっているでしょ」

城島は深くため息をつく。何度も繰り返されてきた二人のやりとりだ。

「先生には需要があるんです。需要がなかったらご飯食べられないじゃないですか？　だいたい・・・」

「あぁ！　わかったよ、わかった、まったく」

城島はワックスで固められていた髪をクシャクシャと掻きむしって悪態を吐《つ》いた。

エレベーターを降りると、城島は後ろを歩いていた姫野に一瞥《いちべつ》をくれ、大股で建物を出た。

「先生！？」

姫野は小走りで後ろを追う。

「今日はちょっと疲れた。一条先生のところに寄って帰るから、先に戻っていてくれ」

「え？　は、はい・・・でも、今月は締切り多いですから・・・」

という姫野の話を最後まで聞かず、よろしく、とでも言うように、背中越しに片手を上げてタクシーに乗り込んだ。

姫野は走り去る城島を見つめながらため息をついた。

タクシーはスルスルと環状線の渋滞を上手に避け、精神科医、一条有希子《いちじょうゆきこ》の診療所に向かった。城島は終始無言で、自分の足先を見つめていた。

診療所の中は静かな環境音楽が流れていた。スポットライトで照らされていたさっきまでの収録スタジオとは打って変わって、すこし肌寒く感じる。

一条はスラッと背の高い、美人で有名な女医だった。学生時代はモデルをやっていたこともあり、CM にも出ていたという変わった経歴の医師だった。そのためもあってか、診療所はいつも予約でいっぱいだった。

一条はテキパキとカルテに書き込みながらも、決しておざなりというわけではなく、優しく寄り添うように城島から話を引き出す。

「なるほど。では、悪夢の方も変わらず？」

城島は診療所の壁の一点を見つめるようにしばらく凝視すると、繰り返し見る、誰かを殺す夢や、体を這い上がるカタツムリの大群の話をする。

「カタツムリの大群・・・ちょっとしたホラーですね」

貧乏ゆすりでもするように左足をカタカタと揺らす。

「はい。でも・・・起きると細かくは覚えていなくて・・・苦しかった感覚だけが残っている感じです」

城島は視線を合わさず揺れている左足を見つめている。

一条は、城島が何かを秘密にしていることをわかりつつも、この日も診察を終えた。

繊細な城島の心に踏み込みすぎないように細心の注意を払い、城島がその語らない言葉を自ら言う時を待っていた。

「・・・すみませんでした。急に来ちゃって。でも、先生のところに来てすこし気持ちがラクになりました」

城島は予約日じゃない日に突然来院したことを謝った。

一条も慣れた感じで、次は気をつけてくださいね、と言い、診察室から送り出した。そして思い出したように、呼び止めると一声かけた。

「そういえば・・・VERITAS《ヴェリタス》にはまだ行ったりしているんですか?」

「あ・・・はい。たまには・・・ですが」

「わかっていると思いますが・・・彼は怖い人ですから。あまり深入りしすぎると・・・」

一条はにっこりと微笑み、意味ありげに城島を送り出した。

診療所の外に出ると城島はサングラスを掛け、陽が落ちかけている街の中をゆっくりと歩いた。そしてフラフラと近くの公園に入っていく。

自動販売機でミネラルウォーターを買うと、ベンチに腰掛け、今さっき、一条に処方してもらった薬を喉奥に流し込んだ。周囲を犬の散歩をしている老人や帰宅途中のサラリーマンが横切っていく。

空気が重く熱く、不快に纏《まと》わりついた。

城島はペットボトルの水をそのまま頭から浴びた。近くを通る人々がほんのすこし奇異な視線を送るが、それ以上は気に留めず通り過ぎていく。サングラスの淵から水滴が滴り落ちる。

誰も、『作曲家・城島匠』に気が付いていないことを確認すると安心したのか、サングラスを外し、顔の水を手で拭った。

そしてそのまま暗くなるまでベンチに座り続けた。


城島が自宅に戻ったのはすでに0時を回っていた。だいぶ酒を飲んでいた。

城島は着ていた服を脱ぎ、すっかり裸になると、グランドピアノの前に座った。

目を閉じ、鼻から深く空気を吸い込む。鼻腔《びこう》の奥の方で、どこで飲んだのかも覚えていないウイスキーの匂いがする。

指を鍵盤にそっと置く。繊細なタッチで鍵盤を押す。そして指慣らしをするように、少年の頃から弾き慣れたピアノ曲を奏でた。左足でリズムを取ると、メロディが軽快に澱《よど》みなく流れていく。

城島の脳裏に若かりし頃の自分が映し出される。そこには、親友であり、後に日本の音楽史にその名を刻むことになる神野慎吾《かみのしんご》の姿があった。

城島と神野は高校で出会った。

音楽室で一心不乱にピアノを弾く神野を見た瞬間、稲妻に打たれたような衝撃を受けたことを城島は鮮明に覚えていた。

ピアノの演奏を得意としていた城島が、初めて自分よりも数段上の世界にいる人間に出会った瞬間だった。

城島は演奏する神野に釘付けとなった。あらゆる景色が城島の視界から消え去り、ただ真っ白な空間の中にピアノを演奏する神野だけがいるように思えた。神々しいまでにその姿は凛として、若き日の城島の心を捉えて離さなかった。

そんな出会いから、いつしかふたりは無二の親友となり、高校三年間を通して、音楽の道を切り拓こうと切磋琢磨《せっさたくま》する仲となった。特に、母子家庭で育った神野は、母親に楽をさせたいという気持ちからなのか、プロの作曲家になることを切望していた。

そして共に最難関と言われる音大の入試を突破し通うことになった。

地方公務員の両親の元でのんびりと育った城島はプロになるつもりなど最初はなかったが、神野と一緒にいることでだんだんとプロになる夢を持ち始めていた。音大に通い出す頃には、あたかも最初からそれが自分の夢だったかのように夢想し、いつかふたりで音楽賞を獲り合うようなトップクラスの作曲家となる未来を想像し始めていた。

だから城島にとって神野はかけがえのない友であり、ライバルであり、また将来の行き先案内人のような存在であった。

今、城島が弾いている曲は、出会った日に音楽室で神野が弾いていた曲だった。

一度、城島はその聞きなれない、美しい曲について神野に尋ねたことがあったが、彼が作曲したものではなく、幼き日に母が教えてくれた曲だ、とだけ語った。しかし、それ以上のことを神野は話すことなく、詳細を知らぬ思い出の曲として城島の心に刻まれていた。

指慣らしの曲を弾き終えると、今度は作曲中の曲をカタカタと貧乏ゆすりをしながら奏でた。初めのうち演奏は澱みなく止まることなく真夜中の部屋の中に響き渡った。足の揺れも次第に激しくなってくる。

すると突然、全身をカタツムリが這っているような感覚が襲った。

ゾワゾワと足元からそれは這い上がってくる。脛から太ももの内側を伝い、臍《へそ》の上を這い上がるカタツムリ。次第にカタツムリの数は増えていく。脇腹やら、脇の下、首、顔と身体中に銀色のヌメヌメした体液を塗りたくりながら、震える城島を埋め尽くす。

城島はその幻影を振り払うことなく、むしろその中に埋没しながら演奏をひたすら続けた。城島の頬には銀色の涙が静かに流れている。

しかし次第に演奏は途中で何度も止まりだし迷走を始める。そして最後まで弾き終えることなく、城島は精魂《せいこん》尽《つ》き果《は》て、裸のまま床に倒れ、深い眠りに落ちていった。

翌日、城島は何事もなかったかのように、仕事場のピアノの前に座り作曲をしていた。

仕事場のマンションは城島の自宅からすぐの距離にあった。都内の高層マンションの一区画を改築したスタジオ付きの仕事場だ。アシスタントの姫野も、仕事場のそばのワンルームマンションを城島に支給され、そこに暮らしていた。

城島は少しして一区切りつけると、ソファに移動した。穏やかな光が差し込んでいる。

姫野は、休憩に入った城島の様子を見て、ドリップ珈琲をキッチンで淹《い》れはじめた。珈琲の良い香りが漂ってくる。

珈琲が入るまでの間、姫野はレコードプレーヤーに針を落とした。部屋の中にすこしアップテンポで楽しげな曲が流れる。その日の城島の気分を察して曲をセレクトしていた。一曲目が終わった頃、くつろいでいる城島の前に淹れたての珈琲を差し出した。

姫野は住む場所を提供してもらっていることもあり、仕事のアシスタント以上に甲斐甲斐しく城島の世話をしていた。


姫野のポケットでメールの着信する音がする。スマホを取り出しメッセージを確認すると、大きな声を上げた。

「先生！見てください！これ！すごいですよ！」

姫野は興奮した様子でスマホの画面を城島に見せる。

そこには城島が少し前に手がけた映画音楽に対する称賛が並んでいた。

城島はその内容を数行目で追うが、すぐに視線を逸らして珈琲に手を遣《や》る。

姫野の表情とは対照的に城島の表情は変わらないままだった。

「これでまた先生のところにオファー殺到ですね！」

姫野は本当に嬉しそうに言った。

「これ以上、仕事増やすなよ。おまえだって仕事が増えたら困るだろ」

城島は珈琲を啜《すす》りながら無表情で応える。

「なに言ってるんですか？　僕は城島先生の一番のファンなんですから！　仕事が増えて先生の新しい曲が聴けるなら寝ないで働きますよ！」

姫野は心の底からそう思っているようだった。

城島はやれやれ、という表情で珈琲を飲んだ。

「それにしてもほんと先生ってすごいですよね」

「なにが？」

「いや、ほら。いつもなんだかんだ言いながらも嫌な顔せず、笑顔で仕事受けますし。普通、天才ってもっとこう・・・気難しそうじゃないですか？」

「天才って・・・俺は気難しくないか？」

「はい。まぁ、たまに僕に仕事を押し付けて、どっか行っちゃったりはしますけど・・・そんなのはたいしたことないですし。少なくとも締切りを破ったりしたことないし、クライアントさんにはいつもニコニコ対応してますし。あ、この前の取材だって後で文句は言うけど、ちゃんと受けてくれますしね」

「そんなの普通だろ」

「その普通と天才が同居しているから凄いんですって」

姫野も椅子に腰掛け、淹れた珈琲を啜り込む。

城島は、意味がわからん、といった顔で窓の外に目を逸らす。初夏の日差しが清しく向かいの高層ビルを照らしている。

「でも、実際問題、それができなきゃ作曲家として勝ち組になんかなれないんでしょうけどね」

姫野は窓の外に広がる高層階からの景色を見て、悪気なくそう言った。

「俺は・・・勝ち組なのか?」

不意に言葉が溢《こぼ》れる。

一瞬言葉の意味を理解できず、なにを言っているんだ？　という不思議な表情で姫野は城島を見つめたが、すぐに、当たり前じゃないですか、と言って屈託なく笑った。

城島はしばらく珈琲の湯気の登っていく先をぼんやり見ていたが、唐突に立ち上がると部屋から出ていこうとした。

「先生？」

姫野はびっくりして声をかける。

「散歩だよ。散歩」

「次の締切、明後日ですよ？　散歩はいいですけど、すぐ戻ってくださいね！」

「さっきおまえ、言っただろ？　ちょっといなくなるくらい大した問題じゃないって」

「い、いや、そうですけど・・・」

「それに俺は天才なんだろ？」

「は、はい・・・」

「だったら大丈夫だろ」

城島はそう言い残して部屋を後にした。


城島は往来でタクシーを拾うおうとしたが、はなかなか通らなかった。仕方なく、蝉《せみ》の声が車の排気音に負けないくらいうるさい国道沿いの道を歩いた。

道路を二人乗りしたバイクが通過していく。一瞬、記憶の淵に燻っている残像が掠めるが、頭を振って映像を消し去る。

額に汗が流れ出した頃、城島はやっとタクシーを捕まえ、街の外れにある美術館に向かった。

美術館はひっそりと静まり返っていた。客もほとんどいないようだった。

城島は鬱屈《うっくつ》とした気持ちになると、ひとりこの郊外の美術館に訪れて気持ちを落ち着かせることが多かった。

絵画の前の置かれたソファに腰掛け、しばらく絵を観ているが、スマホを取り出し、再びSNSを開いた。そこにはさっき姫野に見せられたような、映画音楽に対する賞賛の美辞麗句《びじれいく》が並んでいる。

しかし検索窓に自分の名前と神野慎吾という名前を入れて検索する。するとさっきの美辞麗句と真逆の辛辣《しんらつ》な言葉が並んでいた。


〝城島と神野では雲泥の差！〟

〝神野こそがオリジナルで、城島はコピー〟

〝天才神野のダミー〟


そんな心無い言葉が並ぶ。

城島は深くため息をつき、スマホをポケットにしまった。

「城島先生・・・？」

不意に背後から声をかけられる。見覚えのある顔の女が立っていた。

「あれ・・・？　えっとこの前取材していただいた・・・向・・井さん？」

「はい！　向井です。名前、覚えていてくれたんですか？」

そう言いながら向井は頭を下げ近づいてきた。

城島は横にどうぞ、という仕草をして、ソファに向井を誘《いざな》った。

「もちろん覚えています」

「ありがとうございます。先生に覚えてもらえていたなんて、感動です！」

「感動は大袈裟ですよ。あ、あの・・・先生って言い方・・・できたらやめてもらえますか？

実はそう呼ばれるのが苦手で・・・」

「え？　そうなんですか？　では・・・城島さん・・・でいいんですか？」

「はい」

「なんか逆に嬉しいです。距離が縮まったみたいで」

向井は嬉しそうな顔で城島の顔を見つめる。

「ところでどうされたんですか？　こんなところで」

「気分転換に絵でも観ようかなと。割と僕の仕事場、ここから近いんで。向井さんは？」

「私は・・・ちょっと上司とトラブっちゃって・・・気分転換です」

「じゃ同じですね」

と顔を見合わせ笑った。

城島は向井と歩きながら絵画を観て回った。館内は穏やかなクラシック音楽が流れている。

途中、小用に中座した城島が戻ってくると、大きな絵画の前に向井は立ち尽くしていた。

絵に観入ってというよりは、何かを考えているような表情でじっと絵を見つめている。

話をしている時の向井は、美しく快活で芯の強さを感じる顔に思えたが、その横顔はそれに相反するような、脆《もろ》さや不安定さのようなものを感じさせた。

城島はすこしの間、声をかけずに、絵を見つめる向井を見ていた。

真一文字に結んだ向井の口元がふっと緩む。溜めていた息が一気に吐き出されると、堰《せき》が切れたように、涙を流した。

城島はびっくりして、駆け寄った。慌ててポケットからハンカチを出して向井に差し出す。

「す、すみません」

向井は城島から渡されたハンカチで涙の跡を押さえた。

少しの間、押し黙り呼吸を整えようとしていた。そしてゆっくりと城島の方に向き直り深々と頭を下げた。

「もう大丈夫です」

向井は一生懸命に笑顔を作ろうとした。

一瞬、城島は涙の理由を訊《き》きそうになったが、そんなことは無粋《ぶすい》で無意味に思えてやめた。

その代わりに食事に誘った。

「あの・・・向井さん、この後時間ありますか？　ご飯でも行きませんか？　近くに美味しいレストランがあるんですよ。最近、僕も行ってなくて。付き合ってもらってもいいですか？」

「え？　でも・・・」

「時間があるなら、是非」

仕事の会食以外で人と食事に行くことのない城島にしては珍しいことだった。それは同情や憐憫《れんびん》からというよりは、向井に自分と似たなにかを感じたからなのかもしれない。

「時間は・・・大丈夫ですけど・・・」

「よし、そしたら行きましょう」

城島は向井を連れて美術館を後にした。

レストランは、天井が高いバロックな調度品に囲まれた開放感溢れるスペイン料理の店だった。生バンドがラテン音楽を陽気に奏でている。

二人は向かい合いグラスを傾ける。目の前には、様々なスペイン料理が並ぶ。

城島はトルティージャを摘みながらスペイン産のワインを流し込んだ。

向井もすっかり明るさを取り戻してワインを飲んでいる。ガヤガヤとした周囲の喧騒《けんそう》がふたりには心地よかった。

「こんな素敵なレストランで城島さんと食事ができるなんて・・・今日の部長のアホヅラ・・・じゃない・・・今日の嫌なことなんてすっかり忘れちゃいました！」

「よかった。この店、最高でしょ？　僕も落ち込んだ時はここに来て、めちゃくちゃ食べて飲むんです」

城島もいつになく楽しげにワインを飲んだ。

「向井さんって、あの業界一のミュージックマガジンの編集長さんじゃないですか。もっとキャリアウーマン・・・って感じの隙のない女性かと思っていました」

「え？　あたしがですか？　ぜんぜんです。私、編集長っていってもほんとにたまたま前任の編集長が産休に入って・・・その人に可愛がってもらっていたから、急遽任された臨時のお飾りみたいなものです」

「可愛がってもらっていたからって、編集長には抜擢されませんよ。ちゃんとそれに見合う能力があったってことです」

「どうですかね・・・そうだといいんですが・・・部長には毎日怒られてばかりで。こんなご時世じゃないですか。『ジェンダー差別に配慮』ってやつで、ある程度、バランスよく編集長に女性を起用しているんです。女性の社会進出を応援しています！　みたいな？　だから男性の上司たちには認められていないんですよね。正直・・・」

不服を言う言葉とは裏腹に、アヒージョの牡蠣《かき》を美味しそうに口に運ぶ。

「なるほど。まぁ、そういう事情もあるのかもしれませんが・・・それでも向井さんはすごいです」

向井は首を横に振る。

「この前のインタビューの時、私、城島さんのファンだって言ったでしょ？　あれ、お世辞とかヨイショじゃなくて、ほんとに普段から、ネガティブで死にたい気持ちなると、城島さんの作る音楽を聴いて、なんとか自分を保っているんです。だから、インタビューの仕事が入った時、すごく嬉しくて」

「僕の音楽なんかがお役に立っているなら嬉しいです」

城島も珍しくその言葉を素直に受け取る。

「めちゃくちゃお役に立ってます！」

向井は笑顔を城島に向けた。

「さ、それよりも、次は何食べます？　こう言う日はお腹いっぱい食べないと」

と自分にも言い聞かすように城島は言葉にすると、向井にメニュー表を渡す。

向井は、ざっと目を通して、聞きなれないメニューを見つけ城島に尋ねた。

「あの・・・これってなんの料理ですか？」

「ああ、これはカラコレスっていう・・・カタツムリの料理です」

「え・・・カタツムリ？　エスカルゴみたいな？」

「そうです。スペインの初夏の料理なんですが・・・殻ごと出てきちゃうし、見た目はエスカルゴよりもだいぶグロテスクですが・・・頼んでみますか？」

「いいですか？」

「もちろんです。さすが雑誌の編集長さん。好奇心旺盛ですね」

「知らないものって、知りたくなっちゃうんですよね」

ふたりはすっかり意気投合したように笑い合う。

バンド演奏も場を盛り上げ、周囲の酔客たちも陽気に杯を重ねていた。

程なくしてウェイターがカラコレスの煮込みを運んでくる。

カタツムリが殻ごと煮込まれた姿は日本人にはグロテスクに映る。しかし、向井は持ち前の好奇心でひとつ摘むと、城島に教えられた要領で、啜《すす》るように口に運ぶ。独特の食感とニンニクとハーブやスパイスの効いたソースの濃厚な味が口の中に広がる。

「どうですか？　大丈夫です？」

城島は少し心配そうに向井を覗き込む。

「・・・！　美味しいです！」

「それはよかった。僕はこの料理好きなんですけど、大概の人はダメなんですよね」

「たしかに見た目で抵抗ある人、多そうですけど・・・味は美味しいですよね」

向井は二つ目を手に取る。

「でしょ？　わかってもらえて嬉しいです」

城島もカラコレスをひとつ掴むと慣れた手つきで中身を啜り込む。

「私、虫系って実は苦手なんですけど、なぜだかカタツムリって割と子供の頃から好きだったんです。形が可愛いからかな」

「僕は虫好きで、よく子供の頃、捕まえたり飼ったりしていましたね。だからけっこう詳しいんですよ」

「え？　なんかそんなイメージないですね」

「作曲家にならなかったら昆虫学者になりたいと思っていました」

「意外過ぎます」

向井はびっくりした表情をする。

「意外ですか？」

「はい。ピアノばっかり弾いている、大人びた少年のイメージです」

「そんなことまったくないです。むしろ音楽のことより、虫のこととかインタビューでしてほしいくらいです」

城島は笑いながらカラコレスを口に運ぶ。

「じゃ、早速質問します！　カタツムリってヤドカリみたいに殻を替えながら大きくなっていくんですか？」

向井は中身のなくなった殻を持ち上げて中を覗き込む。

「いいえ。カタツムリはこの殻ごと大きくなっていくんです」

城島は中身の入った殻をフォークでカチカチと叩きながら学者然とした口調で説明する。

「そうなんですか？　じゃ、この殻も体の一部なんですね」

うんうん、と城島は頷く。

「でも、そうなると・・・こんな硬い殻がいつも一緒だと、好きな人・・・じゃない、好きなカタツムリができても、抱き合あったりするの、難しそうですね」

向井は無邪気に笑った。

「カタツムリは雌雄同体って言って、実はひとつの身体にオスとしての機能もメスとしての機能も備わっているんです」

「そうなんですか？」

城島はすこし向井にテーブル越しに近づき、小声で続けた。

「子孫を残す時・・・その・・・」

「・・・え？　なんです？　あ！　交尾ですか！？」

向井は音楽にかき消されそうな城島の声に逆に大きな声で応える。

「む、向井さん、声が大きいです」

城島は周りを見回す。が、ラテン音楽と食事に気を取られて、誰も向井の言葉には気がついていないようだった。向井は、ごめんなさい、という仕草で笑う。ほっとした表情で城島は話を続ける。

「面白いのは、交尾する時、どっちかがオスになって、どっちかがメスになるんじゃなくて、どっちもオスでどっちもメスのままなんです」

「ん？　どういうことですか？」

「普段、あの速度で移動しているから、自然界で出会う確率ってけっこう低いんですよね。つまり出会うってそれだけで奇跡なので、出会ったら確実に子孫を残す必要がある・・・」

「ふむふむ」

「だからどっちかだけが卵を産むんじゃなくて、お互いに精子を相手に送り込んで、お互いが受精して卵を産むことで種の存続の確率を上げていくんです」

「へぇ～　凄いですね。ダブルで妊娠するんですね」

「その上、もし他のカタツムリに出会えない時は、単為生殖《たんいせいしょく》って言って、自分だけで卵を産んで子孫を残すこともできるんです」

「奇跡が起きなかったら自分で奇跡を起こしちゃうんですね」

「そのとおり」

再び学者然と応えて向井を笑わせた。

「なんでもありですね。でも、なんかそれって羨ましいような、羨ましくないような話ですね」

「パートナーに一生出逢えないのは悲しい話ですから、子孫が残せるからって羨ましいかって言われると、ちょっとわからないところですね」

城島と向井はカタツムリに同情するような顔をしてカラコレスを摘んだ。

「でも、あのカタツムリのヌメっとした体が合体するところを想像すると、ちょっとエッチな感じですね」

今度はちゃんと小声で話した。

「そうかもですね。一度だけ・・・交尾しているカタツムリを子供の頃に見たことがあります」

「え？　どんな感じなんですか？　やっぱり絡み合うんですか？」

「うーん・・・絡み合うって言うか・・・カタツムリの歌、知ってます？　『つのだせ、やりだせ、あたまだせ〜』ってやつ」

「知ってます！　知ってます！」

「その槍《やり》って・・・恋の矢って書いて、恋矢《れんし》っていうんですけど、それを頭の脇のところから出してアピールしたり、相手に刺したりして刺激し合うんです。そしてその・・・生殖器をお互いの生殖器に差し込んで・・・精子を卵子に・・・って、いやいやなに説明しているんだろ・・・」

城島は自分で説明しながら、可笑しくなって、ワインを流し込んだ。

「ご、ごめんなさい。わたしもなに聞いてんだろ・・・」

向井も急に恥ずかしくなったのか、ワインを飲んで誤魔化した。

「でも恋の矢で、恋矢かぁ・・・めちゃくちゃロマンティックですね。身近にいるのに何も知らなかったです。城島さん、音楽だけじゃなくてなんでも知っているんですね」

「いえいえ。そんなことないです。ただ、その交尾するカタツムリを見て、あなたがさっき言ったように、子供ながらにちょっとエッチだな、とか思っちゃって」

城島は空になったグラスを掲げて、ウエイターにワインのおかわりを注文する。

「ロマンティックであり、ちょっとエロティックですね。カタツムリって」

「興味本位でけっこう調べたんですよね。学校の図書室とかで」

二人は目の前の調理されたカタツムリを見て笑った。

こんなに笑ったのはひさしぶりだな、と城島は思っていた。

「ところで、興味本位といえば・・・これ、ほんとに個人的な興味で聞いちゃうんですけど・・・質問してもいいですか？」

「あまりエッチな質問じゃなければ・・・」

城島はアヒージョの中のアサリにフォークを刺しながら応える。

「そういうんじゃなくて・・・あの・・・神野さんのこと・・・聞いてもいいですか?」

神妙な面持ちで向井が聞く。

一瞬、城島の指先のフォークが止まったように見えたが、しかしすぐにフォークを動かし、突き刺したアサリを口にした。

「もちろんいいですよ」

「はぁ・・・よかった・・・なんか業界の都市伝説みたいに、城島さんに神野さんの話は絶対にタブーだって言われているから・・・」

向井はほっとした表情になり、ワインを口に運ぶ。

「世間ではそんなこと言われているみたいですけどね。僕はぜんぜん」

「なにかとおふたりを比較するような話が多いですし。城島さんのカノジョだった女性に神野さんが手を出して揉めた、とか・・・そんなくだらない噂話までありますし」

「みたいですね」

城島はパンをちぎってはアヒージョと一緒に食べる。

「世の中ってそういうゴシップ好きですよね。でもよく話を聞いたら本人達はなんとも思ってないことっていっぱいありますしね」

向井も同じようにパンをアヒージョのオイルに浸しながら口に運ぶ。

「学生時代は一緒に連弾《れんだん》したり、作曲した曲を聴かせ合ったりしていました。楽しい思い出がいっぱいあります。それがいつの間にか、なぜだか恋敵にされたり・・・神野もあの世で迷惑がってそうです」

城島はすこし天井を仰ぎ見る。視線の先にはサーキュレーターがゆっくりカタカタと回っている。

「神野さん・・・残念でしたね。若くして才能認められて曲もスマッシュヒットの連続だったのに・・・それがまさか・・・あんなに早くご病気で亡くなるなんて」

「・・・勝ち逃げですよね」

ぼそっと城島は呟く。

「え？」

「あ・・・神野とは、どっちが先にグラミー賞を獲るんだ！　アカデミー賞を獲るんだ！　みたいな子供じみた勝負をしてたんで。で、あいつが先に音楽賞を獲ってそのまま・・・」

「ごめんなさい。なんか変な話をしちゃって・・・でも、お二人がほんとは仲良しで業界で言われているような犬猿の仲じゃなくてよかったです。安心しました」

「世間は兎角《とかく》話を歪曲《わいきょく》して、尾鰭《おひれ》をつけたがりますから・・・」

城島は肩をすくめて笑った。

そこに突然、城島のスマホが鳴った。姫野からの電話だった。

向井はどうぞという仕草をする。城島は向井に軽く頭を下げると電話に出た。

「どうした？」

「どうした？　どうしたじゃないですよ！　先生、今どこにいるんですか？　散歩に行くって言って出たきり全然帰ってこないから・・・今日中に確認してもらわないと困る資料があるんですよ！」

「そうか、連絡してなかったな。今、いつものスペイン料理の店にいるんだが・・・」

「やっぱり。後ろのラテン音楽すごいですもん。そしたら届けますよ。近いですから」

そんなやりとりを二言三言して城島は姫野からの電話を切った。

向井は心配そうな顔で城島を見ている。

「すみません。なんでもないです」

「あの・・・今のって・・・カノジョさん・・・とかですか？」

「え？　あ、違いますよ。どうして？」

「いや、カノジョさんだったら、食事なんかご一緒しちゃって申し訳なかったなって思って・・・」

「ぜんぜん違います。姫野です。アシスタントの。僕、カノジョとかいませんので」

「えぇ？　そうなんですか？　城島さん、めちゃくちゃモテそうじゃないですか」

「ぜんぜんモテませんよ。カタツムリの話じゃないですけど、恋愛とか結婚とかは、タイミングですから。相手が欲しいと思っても、そう世の中なんでも簡単に手に入れさせてはくれません」

城島はカラコレスを摘みながら笑った。

「タイミング・・・ですか。そういう意味で言ったら、私も今、カレシいないんです。タイミング良く・・・」

城島は一瞬言葉の意味が分からずきょとんとしたが、理解すると吹き出しそうになった。

「ひどい。笑わないでくださいよ」

ちょっと膨《ふく》れたような顔で城島を睨む。

他愛のない会話が珍しく城島には心地よかった。一度しか会ったことがない相手との食事とは思えないほど打ち解けていた。

店内の生バンドもそんな二人を見て、気持ちよさげに音楽を奏でていた。


それから二十分ほどして姫野が店に到着した。

「先生、お待たせしました」

ふたりのいるテーブルを見つけると姫野は急ぎ足でやってきて書類を渡した。

「今日中にちゃんと確認してくださいね」

姫野はチラリと向井を見る。

「あ、この前の・・・向井さんでしたか。すみませんね、お食事中にお邪魔しちゃって・・・」

訝《いぶか》しげな表情で向井を見て頭を下げる。

「あ、い、いえ。こちらこそすみません。あ、あぁ、そうだ、先日はインタビューもありがとうございました！」

慌てて席から立ち上がって向井も挨拶した。

「いえ。仕事ですから」

姫野はぶっきらぼうに応える。散歩に行ったきり戻ってこないばかりか、女と食事をしていた城島に腹を立てていた。

城島はそんな姫野の気持ちを知ってか知らずか、食事を一緒にしていかないかと勧めるが、仕事が残っていますので、と姫野はさっさと店を出て行ってしまった。


「すみません。無愛想なやつで」

城島は向井に詫びた。

「いえいえ。私はいいんですが・・・お仕事・・・ですか？」

「実は、次回作の締切が明後日なんで・・・」

姫野が置いていった封筒を見せ、苦笑する。

「締切が明後日⁉　ご、ごめんなさい。そんな忙しい時に食事に連れてきてもらっちゃって・・・」

「どうせ食事はしなくちゃいけなかったから。でもまぁ、そんな訳で、この後、帰って仕事しないと、あいつに殺されちゃうので、今日はこの店でお開きにさせてください」

「はい。もちろんです。ありがとうございました」

ふたりは食事を終えると、それぞれ別方向のタクシーに乗り、レストランを後にした。

落ち込んでいた向井のために、と一緒に摂った食事だったが、城島も結果的にいつになく気分のよい夜になっていた。

九月

城島はそれ以降、新しい映画やCM曲の制作に入り、しばらくは仕事部屋に缶詰となる日々が続いていた。仕事は想定通りハードな内容が続き、あっさり二ヶ月が過ぎ去っていった。

向井ともそれきり会うことはなかった。日々を何某《なにがし》かのスケジュールで忙殺《ぼうさつ》されることで、余計なことを考えたり、思い出したりせずにいられるという、いつもの微妙なバランスを保っていた。とりあえず時間だけは前に進んでいた。

そんな中、月例で通っている一条の定期診察を受けた日の夜、ひさしぶりにクラブVERITASに顔を出すことにした。夏らしい夏を過ごすこともできなかった自分へのささやかなご褒美の意味もあった。

クラブの中は熱気でムンムンとしていた。

薄暗い大きなフロアの壁は全面赤く、そこにはたくさんの鏡や燭台がびっしりと装飾されていた。映画の撮影にでも使われそうな耽美《たんび》で退廃的《たいはいてき》な異空間だった。

店内にはグルービーなクラブミュージックが流れている。

露出の激しいボンデージ衣装に身を包み高いヒールを履いた女や、刺青だらけのビキニの女、首輪をつけた太った中年男、派手な化粧で周囲を圧倒しているドラァグクィーン・・・皆思い思いの衣装で空間を埋め尽くしていた。

壁際の薄明かりの中では、男女が・・・いや、男も女も性別など関係なく、抱き合いキスをしたり互いの体を弄《まさぐ》り合ったりしていた。

そんなクラブ独特の熱気と様々な香水や体臭が混じった、なんともいえない湿度が一瞬にして身体に纏《まと》わりついた。しかし、その湿度は不思議と城島には不快ではなかった。

派手な衣装の客たちの間をすり抜け、バーカウンターまでたどり着くと、バーテンダーと思しき男が城島に気がつき会釈をする。

城島も会釈し店内を見渡す。

「伯爵でしたら、ちょうど奥の個室《ビップルーム》で商談されておられます。お声がけしてきますか？」

バーテンダーは気を利かせて城島にそう言った。しかし、城島は丁重に断ると、いつもの酒を注文し、そのままカウンター席に座った。

店内に流れる音の旋律が知らず知らずに頭の中で音符となって、脳内の五線譜に書き込まれていく。職業病だな、と苦笑する。

アルコール度数五十度を超えるマッカランが運ばれてくる。

グラスに口をつけると喉の奥に熱い火の塊のような液体が流れ込む。城島は心地よい音量の音《サウンド》のプールの中で、その火の塊を口に含んで楽しんでいた。

すると、目つきの鋭い強面の、いかにもマフィアというような風体の外国人数人が個室から出てきて、そのまま外に出て行った。

すこし遅れて、高級そうなスーツに身を包んだ背の高い初老の男が城島の前にやって来た。

菅原正義《すがわらまさよし》だ。

菅原は名門の出自で、戦前までは伯爵家に叙《じょ》されており、今でも彼を敬愛する者たちや城島は、親愛と敬意を込めて『伯爵』と呼んでいた。

「おぉ、最近、顔を見なかったな」

伯爵は城島に気がつくと、独特の笑みを湛《たた》えて近づいてきた。柔和な表情ではあるが、目の奥は暗く鋭く、得体の知れぬ迫力に満ちていた。

城島は立ち上がり挨拶をする。一条のところでの定期検診の後に寄ったと告げると、そうかそうか、とニヤリとし、伯爵は城島に個室へ行くよう促した。

それから独り言のように「歳取ると小便が近くて困る」と笑い、トイレに向かった。

城島は言われたままにカウンターを離れて、外側からは内側が見えない黒いスモーク張りのぶ厚いガラスドアを開け、個室に入っていく。

仕切られたその空間は、メインフロアとはまったく別の穏やかなクラシック曲が流れていた。

室内の設えもガラリと変わっており、真っ黒な壁に金色の燭台《しょくだい》や鏡が飾られていた。十九世紀のロンドンのクラブのような、大きな三人掛けの黒革のチェスターフィールドソファとシングルのソファーが二脚置かれている。

そしてそこには、白衣の時とはまるで別人の、エロティックな衣装に身を包んだ一条有希子が座っていた。

「あら。城島センセ。昼間はどーも」

そう言って笑みを溢した。


伯爵が戻ってくると、バーテンダーがひとり後ろをついて来て、城島に新しいマッカランを用意してくれた。

小さくグラスを持ち上げ、三人は乾杯をする。

テーブルには伯爵が飲んでいた高価なバカラボトルのレミーマルタンとビターチョコレートが置かれている。

「一条先生とご一緒だとは知らず。すみません。お邪魔だったんじゃ・・・?」

城島はチラリと一条を見る。

「いらん気を回すな」

伯爵はそう言いながら一条の太ももに手を置く。

「最近、経済雑誌やメディアの取材も多くてな。うんざりしてたんだ」

「じゃ、さっきの外国の方たちも?」

「いや、あれは別件だ」

「失礼しました。にしてもまぁ、取材は面倒くさいですよね。ほんと」

城島は過去を振り返るような顔で苦笑する。

「おまえも、大嫌いだ！　と顔に書いてあるぞ」

「はい。正直、好きじゃないです。それに真面目に答えたって、喋った通りには書いてくれませんしね」

「真面目に話をする意味なんかないな」

伯爵はブランデーを飲みながら笑う。

「彼らは僕がどんな人間なのかなんか興味ないんですよ」

城島はわずかに悲しげな表情をする。

「人間は、自分が見たいと思うものしか見ないからな」

伯爵の言葉に頷きながら、城島は新しくグラスに入れられたマッカランを飲み込む。熱い火の塊が喉の奥を焼く。

「しかしまぁ、世の中なんかそんなもんだ。ここにいる連中を見てみろ。みんなマジョリティから零れ落ちた人間たちだ。一般社会からはまるで存在してないかのように普段は扱われている。声を上げれば叩かれ、否定され蔑まれる。社会が興味持つときは、道化として・・・自分たちの見たい『娯楽』として消費する時だけだ。誰もこいつらの気持ちや言葉をちゃんと伝えるようなことはしない」

「道化か・・・」

城島は苦笑する。

「俺はそんな連中に消費されたくないからな。興味なんか持たれたらかなわん」

伯爵もブランデーをグイッと飲み込んで笑った。

「お気持ちわかります。でも、伯爵は個性的な方ですから・・・興味持たれてもしかたないか、と・・・」

城島は、伯爵に寄り添う、色気の権化のような一条と伯爵を交互に見ながら微笑んだ。

「Curiosity killed the cat」

伯爵は神妙な顔で城島を見つめて言う。

「え？」

聞き慣れない英語に城島はキョトンとする。

「好奇心は猫を殺す、よ」

ワインを飲んでいた一条が翻訳し、ウインクをする。言葉の意味に一瞬ドキッとする。

「好奇心は・・・猫を殺す？」

「そうそう。知りすぎちゃダーメってこと」

一条はニコっと笑った。

ふふん、と伯爵も笑うと一条の太ももにまた手を置き、話を変えた。

「そういえば、今テレビで流れているうちの会社のCM曲も良かったぞ」

「ありがとうございます。ちょうど今、次のものを制作しております。はじめてプロとして仕事をいただいたのは伯爵からのオファーでしたから。その恩義に報いるためにも頑張ります」

「そんな恩着せがましいことを言ってんじゃない」

「いえ、僕が勝手に恩を感じているってことです。伯爵のおかげで今の僕がいるのは確かですから」

城島は本当にそう思っていた。

「おまえ、いつからそんなお世辞が言える様になったんだ？」

「まぁ、この歳になるとそれなりに・・・上手くなるのは世渡りばかりです」

自嘲気味に笑い、マッカランを流し込んだ。

伯爵はふふんと鼻を鳴らし、グラスにブランデーを注ぐ。

それから伯爵は胸を軽く叩く仕草をして、城島の心の病を気遣った。

「・・・はい。なんとか・・・」

半分は正しかったが、半分は嘘だった。

「まぁ、こいつは優秀な心療内科医だ。もっと信用してやれ」

伯爵は一条の顔を見る。

はい、と城島も一条を見て頭を下げる。

伯爵は掌でグラスを温めながらブランデーを美味しそうに口に運ぶ。

「俺が適当なことを言うと怒られそうだが・・・薬や酒に頼ったっていいことなんか何もないぞ。

精神安定剤だろうが、麻薬だろうが同じだ。製薬会社の会長が言うんだから間違いない」

精神安定剤も酒も飲みすぎている自覚のある城島は、伯爵の言葉に苦笑いする。


その時、俄《にわ》かに個室の外で大きな音が響き渡り、怒号が飛び交った。セキュリティが取り囲み出口に向かって逃げる男を追い詰めていた。しかし、男は、俊敏《しゅんびん》に踵《きびす》を返し、怒号の合間を潜り抜けると、個室のガラスドアを蹴り開けて中に飛び込んできた。

手にはナイフのようなものを持っているのがわかった。男はそれを振り回しながら城島たち三人に近づいてくる。

城島は狼狽《ろうばい》して後退りした。しかし、伯爵は一条を庇《かば》うようにその前に立ちはだかると、男を暗く鋭い眼光で睨みつけた。その気迫に一瞬怯んだ隙を伯爵は見逃さなかった。

到底、小便が近い六十代とは思えない素早さで男に組みつくと、軽々とナイフを取り上げ、あっという間にねじ伏せた。

セキュリティが青ざめた顔で駆け寄った。

伯爵は、問題ない、と手を挙げ、何事もなかったかのようにソファに座り直した。そして平気だ、平気だ、というような仕草で、強張《こわば》った表情の一条の太ももを二度三度と撫でて、また静かに酒を飲んだ。

セキュリティが気を失った男を引きずり、裏口の方に運んで行く。

一瞬の出来事に城島はソファの端に固まったまま動けずにいた。

『彼は怖い人ですから・・・』

一条の言葉が脳裏を過《よ》ぎる。

「は、伯爵・・・つ、強いんですね・・・」

城島はまだドキドキする胸を抑えながらソファにへたり込む。

「まぁ、アメリカに留学していた頃はいろいろあったからな」

不敵な顔でニヤリと笑った。

城島は気持ちを落ち着かせようとテーブルの上のチェイサーをゴクリと飲み込む。

そこにひとりのセキュリティが戻ってきて伯爵に何か耳打ちした。わずかに『盗撮』という言葉が聞こえた気がした。伯爵は小声で、そうか、とだけ言った。

「・・・なにが起きたんですか？」

城島の言葉に伯爵は顔を曇らせ、チョコレートを口の中に放り込む。

「おまえが知る必要はない」

「でも・・・」

「さっきも言っただろ？　Curiosity killed the cat（好奇心は猫を殺す）、だ」

伯爵は話を続けようとした城島の言葉を遮《さえぎ》った。

クラブVERITASを後にした城島は、夜道をまだ夏の影を引きずる生ぬるい風に吹かれ歩いた。

伯爵のあの一瞬の身のこなしを思い出して、ブルっと震えた。

「好奇心は猫を殺す・・・か」

そう独り言を呟いた。

ふと横を向くと、ショーウィンドウにあの日の姿が思い浮かんだ。

それこそまだ好奇心に満ち溢れ、この世界に怖いものなど何もない、と本当に思っていたあの頃・・・

十五年前の城島が、ガラス越しの自分をチェックしていた。

一張羅《いっちょうら》のジャケットを羽織りケーキを大事そうに抱えてショーウィンドウの前を通過していく。

時折、ちらちらと携帯の画面をスクロールする。

『今夜は来られないんだよね？』

『本当にごめん。誕生日だっていうのに・・・どうしてもバイトが抜けられなくて。その代わり、明日！　明日にはバイト代入るからプレゼント持っていくよ！』

『プレゼントなんていいよ。そしたらまた明日！』

『ちょっと早いけど・・・薫、お誕生日おめでとう』

『ありがとう』

記憶の淵にぶら下がったままの甘酸っぱい光景が蘇ってくる。

城島は、うっすらと朝焼けが広がり出した街の空気を肺の奥まで吸い込むと、そこから先を思い出さないように小走りで家路に着いた。


それから数日間、風邪を引いたのか、ひどい熱で城島は床に伏せった。

姫野が介抱に来たがったが、甲斐甲斐しく世話をされるのが今は煩わしく思えたのと、風邪を移してしまうと、仕事が完全にストップしてしまうのを危惧して断り、ひとり高熱に耐えていた。

何度となく悪夢を見た。見るたびに汗をぐっしょりとかき目を覚ました。

夢は大概、大学時代の出来事だった。城島と神野、そして大学二年の時に知り合った桜木という女の子の夢だった。

彼女とは授業での合奏をキッカケに意気投合し、互いの才能を認め合った仲だった。三人で授業のない時は、一緒にコンサート巡りをしたり、旅行に出かけたりした。それは絵に描いたような青春時代の光と影だった。

起きると大量の水を流し込み、解熱剤を飲んだ。悪夢のせいで身体が休まることはなかったが、熱は徐々に引いていった。

それでも悪夢は続いた。

精神安定剤と解熱剤を交互に飲んだ。ほとんど食べることはできなかった。仕事のラインだけはなんとか返したが、他のことは何一つできなかった。

時たま、スマホの画面に天気予報のお知らせが届き、城島が寝込んだ三日目にすこし早い秋風が吹いたことを教えた。

そして五日目の朝、やっと平熱になった。

城島は熱いシャワーを浴びて、外に出た。たったこの五日間で、季節は思った以上に早く進み、外は秋の様相を呈し始めていた。


城島はひさしぶりに最寄りのカフェに出かけるとカプチーノを注文した。それからパストラミサンドとコーンスープを追加した。弱った身体で食べられるかわからなかったが、目が肉を欲するくらいには回復していた。

五日ぶりに食べるパンはすこし硬く感じ、飲み込みにくかった。コーンスープで流し込むようにパストラミサンドを食べた。

スマホのラインを確認する。仕事がだいぶ溜まっていた。姫野に連絡して進捗を確認した。

自宅で仕事をすることを姫野に伝えると、カフェの机に突っ伏した。ヒンヤリとした机が心地良かった。城島はその体勢のまましばらく身動き取れずにいた。

すると、店内のBGMに、何年か前、城島が作曲した恋愛映画のテーマ曲が流れてきた。

城島は自分の音楽を不意に街中で聴くのが苦手だった。なんともいえない感情に囚われていたたまれなくなってしまう。

近くにいた若いカップルがその音楽に反応して、映画の話を始めた。女は城島の音楽を絶賛し熱弁を振るっていた。

城島はパストラミサンドを半分も食べないうちに、逃げるようにカフェを後にした。


自宅に戻ると、規定量の倍の精神安定剤を口に含み、キッチンに置いてあったウイスキーで飲み込んだ。

胃の奥でさっき食べたパストラミサンドが暴れているのがわかった。吐き戻しそうになるのを必死に堪えた。胃の中も脳みそもドロドロと溶けていくような感じがした。

キッチンの床に気を失うように倒れ込むと丸まった。

浅い呼吸の音が床に広がる。

熱がまた上がってきたのだろうか？

首元を触る。すこし熱を帯びている。

しかし、城島は仕事に取り掛からなくてはならなかった。仕事に穴を空けないことは数少ない城島の矜持《きょうじ》であった。

のそのそと立ち上がり、キッチンに行くと、冷凍庫を開け、その中に頭をしばらく突っ込んだ。

冷気が脳天から首元に流れ、覚醒していく。目の前にあった氷をひとつふたつと口の中に放り込む。ガリガリと噛み砕くと奥歯のあたりが知覚過敏でキンキンと滲みた。そのお陰か、すこしだけ頭がスッキリした。

城島はキッチンから仕事部屋に移動し、グランドピアノの前に座った。そして明後日締切りの作品を作り始めた。

口の中とは裏腹に、部屋全体が熱を帯びているような感覚になる。

鍵盤に集中する城島は、まるで譜面に音符が書いてあるかのごとく、白紙の譜面を見つめながら脳内に浮かび上がる音符を弾き続ける。

神野と切磋琢磨してきた城島にとって、商業音楽とは良くも悪くも片手間で片付けられるくらいのものだった。もちろん、産みの苦しみがまったくないわけではない。特に若い頃は、テクニカルな意味で知識も乏しく、自分らしさのようなものを作り出すのに苦しんでいた時期もあった。しかし、デビュー直後から割とスムーズに『売れっ子作曲家』の階段を駆け上がれたのは、伯爵のバックアップを得た幸運ももちろん大きかったが、やはりそれだけではない天賦《てんぷ》の才があった。

だが、城島の頭には、ひとつ曲が出来上がる度、ひとつ賞賛される度に、神野の顔が過《よ》ぎるのだった。

城島は弾き終わると、その全てを一気に書き起こした。澱《よど》みなく最後の一音まで筆が止まることはなかった。そして書き切ると、大きくひとつ息をついた。

翌朝、仕事場に姫野より早く到着した城島は、ひとり珈琲を淹れていた。

姫野が三十分ほど遅れてやってきた。

「先生！　お、おはようございます！　もうお身体は大丈夫なんですか？」

姫野はびっくりした声で城島に挨拶をした。

「ああ。すまなかったな」

「いえいえ。僕は大丈夫です。それより、明日締め切りの曲があるんですが、どうしましょう？

僕の方から連絡して一週間くらい延ばせないか確認しましょうか？」

姫野は心配そうに城島を見ると、スマホを取り出して、発注元の会社の番号を探している。

「ん？　なにを言ってるんだ？　そこみろ」

城島は涼しげな表情でテーブルに視線を送る。

姫野はその視線の先に無造作に置かれている譜面を見て驚愕《きょうがく》した。

「先生・・・これ・・・」

「天才ならこれくらいは造作《ぞうさ》もないだろ？」

城島はワザと無表情で言う。

「・・・すごい・・・」

姫野はピアノの前に座り、丁寧に譜面台に譜面を置き弾き始める。

昨夜熱に浮かされながらも、書き切った曲が姫野のピアノで奏でられる。

美しいメロディが部屋の隅々まで浸透した。


「正直、今回は無理だと思っていました」

姫野は珈琲をフゥフゥと冷ましながら飲んだ。

「締め切りを守るくらいしか取り柄がないからな」

「まったく。凄すぎるんですよ。先生は」

城島は返事をする代わりにひとつ伸びをする。

「でも、急ぎの仕事はこれだけだったので、レコーディングが終わればすこし休養できるんじゃないですか？」

「風邪で休んだから、もういいんだがな」

「ダメです！　病み上がりなんですから。休める時に休んだほうがいいです！」

姫野は真剣な顔で城島を見つめる。

「まぁ、そうだな。考えたら長期休暇なんて、何年も取ってなかったしな・・・あ、そうか・・・つまりおまえも全然休んでなかったってことか・・・」

「僕のことはいいんです。ただ先生、ずっとハードワークだったから」

「おまえも倒れる前に溜まっている有休とか使って休めよ」

「はい。そこは適当にやりますので、心配しないでください。でも・・・」

「でも・・・？」

城島は二杯目の珈琲に口をつける。

「休まなくてもいいんですけど・・・ひとつだけお願い言ってもいいですか？」

「なんだ？　給料アップか？」

「違います。そんなんじゃないんです」

口を尖らす姫野。

「じゃなんだ？」

「・・・旅行に・・・」

「旅行？　いいじゃないか、行ってこいよ」

「いや、そうじゃなくて・・・先生と一緒に・・・どこか温泉でも行けたらなぁ・・・・って」

姫野はすこし上目遣いではにかみながら城島を見つめた。

「温泉か」

「たまには露天風呂にでも浸かってのんびりできたら。あ、背中、流しますよ」

「俺は風呂は一人で入ると決めているんだ。ま、ましてや男と一緒に風呂に入るような趣味はない！」

「なに言ってるんですか？　温泉ですよ、温泉。背中流すのは弟子の務めです！」

「そんなの弟子の務めじゃない。いつの時代の話をしているんだ。おまえは」

「いえいえ、時代は関係ありません！　背中流します！　先生と温泉行きたいです！」

何度拒否しても、姫野はしぶとく食い下がった。仕方なく城島は適当に相槌《あいづち》を打つと、姫野はそれを肯定と捉えて喜んだ。

「それより、さっきの楽譜、ちゃんと浄書《じょうしょ》しておけよ」

「はい。わかりました。先生の作品をこうして一番に聴けるだけで僕は幸せです」

楽譜を見ながら姫野はニヤつく。

「なにを言ってるんだ。おまえだってちょっとそこらの奴には負けない才能があるじゃないか。そろそろ独立する頃合いだぞ」

城島はすこし真面目に言う。

「それは、まさか・・・ク、クビってことですか！？」

「そうじゃない。これ以上俺のところにいるのはおまえのタメにはならないってことだ」

「僕のタメって・・・僕には先生のお仕事の手伝いができるのが、一番、僕のタメです」

「まぁ、今すぐやめろとは」

と言いかけると、

「とりあえず、これ、浄書します！」

と姫野は話の腰を折って、パソコンに向かい楽譜を打ち込み出した。

城島はソファーに身体を預け、もう一度大きく伸びをした。そして少し冷めた珈琲を飲んだ。

病み上がりの城島にとっては、姫野とのこんないつものやりとりが、やけに心地良かった。

十月

浄書が終わった曲、ファゼルナ製薬のテレビCM第五弾に当たる弦楽四重奏の録音日。

城島がスタジオのコントロールルームに入った時には、すでにスタンバイした演奏者たちが練習していた。録音ブースの中のヴァイオリン、ヴィオラ、チェロの演奏を見つめる。すると、チェロの演奏家に見覚えがあった。

城島の顔が曇る。

「あのチェロ・・・」

ミキサーがその声に気がついて答えた。

「お。さすが城島先生ですね。三崎さん、いいですよね」

「三崎・・・」

テーブルに置いてある演奏者リストを見る。

城島は名前に目を遣るともう一度録音ブースの中のチェリストを見た。彼女も視線に気がついたのか、チラッと城島を見た。城島の心臓が大きく脈打った。

演奏は順調に行われ、小休止となった。

三人の演奏家がブースから出て、コントロールルームに入ってくる。二人のバイオリンとヴィオラの演奏家が城島に挨拶をしてきた。

三人はそれぞれコントロールルームのソファに座った。そして最後に出てきたチェリストが城島の前に立った。目が合うと、彼女は小さく頭を下げた。

城島は入れ替わるようにコントロールルームを出てスタジオの屋上に駆け上がった。心臓がドクンドクンと脈打つ。

空一面に鰯雲《いわしくも》とオレンジ色の夕暮れが広がっていた。欄干に手をかけて深呼吸をする。欄干にはまだ昼間の日差しの熱が残っていて、すこし温かかった。

その鉄の欄干の向こう側に太陽はゆっくりと落ちようとしていた。

「ひさしぶり。城島くん」

懐かしい声がした。

「あ・・・ひさしぶり・・・桜木・・・いや三崎さん？　名前変わったんだね」

振り返った城島はすこし声が上擦った。

「うん。結婚したの。今は桜木じゃなくて三崎。でも、桜木でいいよ」

「そうなんだ」

「元気にしてた？」

「うん。まぁ。この数年、ちょっと忙しいけど・・・」

城島は欄干にもたれながら俯《うつむ》き応える。

「そうよね。今じゃ泣く子も黙る、売れっ子作曲家の先生だもんね」

屈託なく、まるであの頃に戻ったように桜木は微笑んだ。

「それにしても早いわね・・・もう何年？」

「何年経つかな・・・君は変わらないね」

「そうかな？　城島くんは・・・ちょっと・・・カッコよくなった？」

「そういうのやめろよ」

反射的に出た言葉は城島が自分でもびっくりするくらい大きかった。

「ごめん・・・結婚してどれくらい？」

城島は桜木と目を合わすことなく、遠くの街並みを見つめている。

「四年目かな」

「そうか」

「・・・まだ・・・怒ってるの？」

桜木も城島の視線の先の景色を見つめている。

「別に・・・怒ってなんかいないよ」

「嘘。怒ってる。そりゃ怒るよね。だって神野くんと」

「そろそろ休憩終わりだろ？　戻ったほうがいいよ」

と話を続けようとする桜木に背を向けて足早に屋上から立ち去ろうとした。

「待って！」

後ろから桜木が何かを叫んだが、城島は振り返ることなく階段を駆け降りた。城島の耳に声は届かなかった。いや、届かないふりをした。

大人げないと分かりながらも身体が勝手に走り出していた。

そこから先の記憶は曖昧《あいまい》で、スタジオに戻ることなく、気がつくとタクシーの中だった。

帰宅した城島はベッドに仰向けになり、天井を長いこと見つめていた。

シャワーを浴びて気持ちをスッキリさせようと思ったが、身体の自由が奪われたように動けなかった。

桜木の屈託ない笑顔が脳裏を掠《かす》める。記憶から逃れようとすればするほど昔の記憶が蘇ってきた。脳の深いところに桜木の顔が思い浮かんでくる。

城島は心を落ち着かすつもりで、ベッドサイドに置いてあるウイスキーをグイッと一口飲み込んだ。そして意識を集中し仕事のことを考えた。しかし連日の仕事の疲れもあり、普段なら酔うほどの量でもないアルコールに意識が混沌としだし、脳のCPUがシャットダウンされた。

城島と神野がふたりで霧の立ちこめる湖畔に立っていた。

もう桜木はいなかった。

城島と神野は互いに湖を見つめ、目を合わせることはなかった。

これは夢だ、早く覚めなければ・・・と足掻《あが》くほど、城島は夢の中に引き摺《ず》り込まれていった。


「約束の曲は・・・約束の十年だ・・・レクイエムは・・・」

神野が湖の一点を見つめながら城島に話しかけてくる。

「・・・」

城島は言葉を発しようとするが、何も言葉にならない。

「約束だぞ」

神野は城島に振り向きもせず、言葉を繰り返す。

「・・・」

城島の口の中いっぱいに言葉が膨れ上がっていくが吐き出すことはできない。

「約束だ」

神野は視線を湖に向けたまま、強い口調で城島を追い立てる。

「・・・!」

城島の口の中に言葉がどんどん膨れ上がる。

「レクイエムを」

神野はいつの間にか城島の目の前に立ち今度はじっと城島を見つめて言う。

しかし口の中で膨らんだ言葉は実態を作れずに喉の奥に詰まった。

城島は汗ぐっしょりになって起き上がり、激しく咳き込んだ。

そしてベッドから転げ落ちると、口の中に指を突っ込み、その場で嘔吐した。

床に落ちていたスマホを手繰り寄せ、必死に一条にラインをする。

しかし、いつまで待っても一向に既読にはならなかった。


城島は諦めて起き上がり、自分の嘔吐物をキッチンペーパーで片付け、ふらつく足でシャワーに向かった。

熱いお湯が勢いよく城島に掛かる。目を瞑って、お湯の勢いに身を任せる。身体が溶けていくようだった。

バスルームはあっという間に真っ白な湯煙に包まれ、視界がなくなった。城島の足元の排水溝にお湯が流れ込んでいく音だけがしばらく続いた。

バスルームから戻ると、意味もなくウロウロと家の中を歩いた。何かが心の深淵から溢れそうになっていたが、それをうまく感情に交換することができずにいた。

一条へ送ったラインも未読のままだった。そのことも城島を不安にさせた。

城島は持て余す感情をどう処理することもできず、結局、ピアノの演奏椅子に腰掛け、まるで迷子になって泣き疲れた子供のように、ぼんやりと裸のまま虚空《こくう》を見つめていた。

グランドピアノの上には『REQUIEM』と表題のある、書きかけの譜面が広げてあった。この書き上がらない譜面も城島を常に不安定にさせている要因だった。いや、原因そのものだった。

城島は目を瞑り、レクイエムのことだけを考えた。

頭の中に鳴り響く音楽を聴き取り、リズムを取ろうとする。しかし途中まで行くと、神様が意地悪をするようにパタっと音楽は鳴り止んでしまう。

頭を何度も振り、集中しようとする。

注文された商業音楽を作るときはこんなことをしなくても容易に作曲することができるのに、この曲を考えているときだけは簡単に音楽が生まれてくることはなかった。

城島の足元はずっと貧乏ゆすりをしている。左手は鍵盤の上で和音を押したまま、右手を強く握りしめて何かに耐えるように口を固く閉じている。

掌以外の体の筋肉は弛緩《しかん》しているのに表皮の神経だけが異常に過敏になっていった。

漆黒の闇でゆっくりと何かが蠢《うごめ》いているのを感じる。

レクエムを作曲している時だけ襲ってくる感覚だ。

城島の敏感になったあらゆる皮膚の上を、大量のカタツムリが這い上がってくる。

気がつくといつものように、ピアノの前の大きな鏡の中でふたつの影が獣のように交わろうとしていた。

和音の音も鳴り果て、無音の空間に、鏡の中で絡み合う吐息が聞こえだす。吐息は密度と湿度を増しながら部屋の中を占拠していく。

記憶なのか幻覚なのか妄想なのか。城島は息をすることも忘れ、鏡から目を逸らすことができずにいた。

ひとつの影が乳房を舐める。鏡の中で仰け反るもうひとつの影。

鏡の中で縺れ合う肢体がヌルヌルと粘液を纏《まと》いながら互いの秘部を弄《まさぐ》り合う。唾液と吐息が首元を濡らし、鎖骨の上を滑っていく。重なり合う影の下腹部からは恋矢がそそり立ち、今にもその矢を突き立てようとしている。

城島の肉体も這い上がってくるカタツムリの銀色の粘液でヌルヌルとなっている。そしてその全身を埋め尽くす蠢きに城島は身震いを一度大きくすると、「あ〜」と一声あげ、咄嗟に手を鏡に伸ばした。

その刹那、楽譜の上に放り投げたあったスマホにラインの着信が大きな音を立てた。

城島はハッと我に帰る。鏡の中のふたつの影はもうどこにもいなかった。城島の体を這っていた大量のカタツムリもどこにもいなくなっていた。

一条からの返信かと画面を見ると、予想外に向井からのラインだった。

『おひさしぶりです。お元気でしょうか？　体調を崩されていたとか・・・お身体いかがですか？　もし、もう大丈夫なようでしたら、快気祝いに、今度は私から誘わせていただいてもいいですか？　今週どこかで一杯どうでしょう？』

という内容だった。

城島は、スマホをピアノの上に戻すと、深呼吸を一つして、少し考えた。そして自分の作曲した映画音楽をひとつ演奏した。

目を瞑り、時折深く呼吸をして、音符のひとつひとつを確かめながら弾いた。

弾き終えると、落ち着いたのか、『明日の夜なら大丈夫です』と簡潔に返信し、睡眠薬を多めに口に放り込みベッドに入った。

翌日の夜、約束の時間に城島は出かけた。バーにはすでに向井が到着していた。

静かにスローブルースが流れている。ギターのチョーキングが悲しげに響いていた。

「おひさしぶりです。無理やり約束させせちゃったみたいで・・・すみません」

バーのカウンターにふたり並びで座った。

「いいえ。構いません。僕も誰かと話したいな、と思っていたところだったので・・・」

「本当ですか？　嬉しいです。体調はもうよろしいんですか？」

「お陰様でなんとか」

城島は音楽に合わせてブラントンをストレートで注文した。

「・・・これってタイミングってことですよね？」

「タイミング？　ああ・・・そうですね。タイミングですかね」

城島は前回話したことを思い出して、すこし笑った。

二人は、しばらく会わなかった期間の話をした。

向井は出版社での出来事や部長の話を面白おかしくした。話もうまく、人の心を掴むのがとても上手だった。

インタビュアーは彼女にとって天職なんじゃないかな、と城島は感心した。

実際、表面的な人間関係はうまく作れても、本質的な意味で心を開けない城島が、こんなに何度も、個人的に会食することなど伯爵を除けばほとんどいなかったのに、まるで古い友人のように、向井とはフランクに話をすることができた。

しかし、今日は病み上がりの体調と、連日の悪夢のせいで、なにを話してもネガティブなことばかり言ってしまいそうだったので、城島は聞き役に徹して、時々、向井の質問に答えるような会話を続けた。

「それにしても、城島さんって、ほんとーに才能あって羨ましいですよ」

酔いも回り出したのか、向井は饒舌《じょうぜつ》になり絡《から》んでくる。

「僕が・・・ですか？」

城島はすこしグラスの中のウイスキーを見つめた。

「これしかできるものがなかったから・・・続けているだけです。才能なんてほんとにあるのかどうか・・・昆虫学者にでもなった方がよかったのかな、なんて最近はよく思います」

カウンターに置かれた、ブラントンのボトルキャップの上を気ままに走っていく競走馬《サラブレッド》のフィギュアを見つめた。本音だった。

「冗談ばっかり」

向井は二杯目のドライマティーニを一気に飲み干すと、次はホワイトレディを注文する。強い酒が向井の顔を火照らす。

「才能がないっていうのは私みたいな人間のことをいうんです。言っていませんでしたが、実はこれでも音大出身なんです・・・でも結局プロの演奏者にはなれなくて・・・馬鹿みたいに音楽系の仕事に就きたいって、しがみついて・・・で、今、このザマですよ」

向井は手元の生ハムとモッツァレラチーズにブスリとフォークを突き立てると口に一気に運ぶ。

「このザマって・・・」

城島は苦笑した。

自分で言っておきながら、向井もその言葉に笑った。

「でも、音楽家としてこれでいいのかなっていうのは本当に思っています」

神野の顔が城島の心にチラつく。

「こんだけ売れて、世間から評価もされてるのに、なに言っているんですか？」

向井はすこしムッとした表情を作って言う。

「正直、僕の代わりなんていくらでもいるんです。うちにいる姫野だって似た様なことはできますしね」

城島はグラスの中のブラントンをグイッと飲み込む。オークとヴァニラの香りがする琥珀色の液体が喉の奥を熱くする。

「じゃ、なんで姫野さんは作曲家としてデビューしてないんですか？」

「それは・・・タイミングです・・・かね？」

「まーた、タイミング・・・城島さんはなんでも『時の運』みたいな人なんですね」

「時の・・・運か・・・」

城島の憂いを含んだ言葉が不意にカウンターの上の虚空に投げ出された。

「あ・・・ごめんなさい・・・なんか私、ちょっと酔っちゃって・・・失礼なこと言ってますよね」

「いえ、大丈夫です。本当のことですから」

「私、お酒入ると、口は悪くなるわ、態度は悪くなるわ・・・」

すこしの間、気まずい空気が流れる。店の中をブルースハープの濡れた吐息のような音色とギターの旋律が絡み合う。ヌメっとした空気の底をメロディが這っているようだった。

「神野が・・・」

溜めていた空気を吐き出す様に城島が口を開く。

「はい?」

「神野がいなかったら僕は今ここにいないし、神野が死ななかったら・・・やっぱり僕はここにいなかった・・・」

十六小節分の時間を使って、ゆっくりとひとつひとつの音符の位置を確かめるように城島はつぶやいた。

「なんの話です?」

「時の運の話です」

「・・・神野さんとは・・・やっぱり何かあったんですか？」

「・・・」

「ここまで話をしてズルいですよ」

向井は酔いを覚まそうと、手元にあったチェイサーを一気に飲み干す。

「僕と神野は・・・」

心の中の言葉を整理するように、何拍分か間を空け、城島が重い口を開こうとしたその時、カウンターに置いてあったスマホのバイブが天板に共鳴して大きな音で着信を報らせた。

城島はスマホに目を遣る。

一条からの電話だった。

ラインではなく、電話の着信だったことに驚いた。

「ちょ、ちょっとすみません・・・」

城島は立ち上がりカウンターから離れて電話に出た。

昨日、ラインして返事がないままだったので、その件かと思って出ると、開口一番
「伯爵が・・・大変なんです」
と、一条にしては取り乱した声で電話に出た。その言葉のトーンからも深刻さが伝わってきた。
「ネットの動画サイトにVERITASが・・・」

電話で状況を聞いて城島は言葉を失った。

一旦、電話を切ると、一条から送られてきたURLを開いてネットニュースの記事を読んだ。

〝衝撃！ 大手製薬メーカー、ファゼルナ製薬 会長、菅原正義の経営するクラブで麻薬の大量取引か!?〟

という見出しと共に、VERITASで先日の外国人たちと取引をしている伯爵の映像が載っていた。

そして文章は〝戦争にも関与か!? ファゼルナ薬品の深い闇！ 司法当局も動き出す模様〟と締めくくられていた。

呆然とその記事に掲載されている、悪意を持って脚色された、人相が悪い伯爵の顔を見つめていた。

城島は我に返って伯爵の携帯に電話をかけた。しかし何度かけても伯爵には繋がらなかった。

諦めて一条に電話を掛け直し、仔細《しさい》を確認したが、一条も状況が掴めていない、とのことだった。伯爵との電話も通じないので、それ以上はどうしようもなかった。

城島は、一条に伯爵と連絡がついたら教えて欲しい、とだけ伝えて電話を切った。

壁にしばらく凭《もた》れ掛かった。

競争馬でも血管の中を走り回っているかのように、ドクドクと血流が速くなるのを感じた。

「どうされたんですか？」

席に戻ってきた城島の青ざめた顔を見て、向井はただならぬことが起きていることを察した。

「・・・本当にすみません。今はちょっと・・・話の途中でしたが・・・今日はこれで失礼させてもらっていいですか？」

「ええ・・・もちろんです」

「すみません」

城島はバーテンダーに会計を頼むと、向井はそれを制した。

「今日は私がお誘いしたので」

「いや、そういう訳には・・・」

財布を出そうとしている城島の手を押さえて、向井は一瞬強く抱きしめた。

城島は突然の出来事で呆気にとられた。

向井も反射的に取った自分の行動に驚き、パッと離れた。

「ご、ごめんなさい・・・さ、ど、どうぞ早く行ってください」

と、城島の背中を押して店の外に促した。

「あ、ありがとう・・・ございます・・・」

「おやすみなさい」

向井はぺこりと頭を下げ、店の中に戻っていった。そして席に戻ると、チェイサーをもう一度頼み、一気に飲み込み火照《ほて》った顔を両手で覆った。

十一月

城島はそれからしばらく、伯爵のことが気になって仕事が手につかない日々を過ごした。

一条からの連絡を待ったが、一週間経っても二週間経っても連絡は来なかった。伯爵の携帯番号はすでに通じなくなっていた。

最初の数日はネットに伯爵の人格や会社を攻撃するような誹謗中傷の書き込みが大量にあったが、一週間もすると、なぜかニュースのコメント欄や関連するネット動画なども削除されアップロードしていたアカウントも次々と消されていた。

何が起きているのかわからないまま時間だけが過ぎていった。

痺《しび》れを切らして、城島は一条に会いに行った。


診察が終わった診療所はしんと静まり返っていた。

待合室で待っていると、白衣を脱いだ一条がやってきた。平静を装ってはいたが、いつもの凜とした表情はなく憔悴《しょうすい》しているのがわかった。

連絡はどうやら一条にもまだ来ていない様子だった。

「伯爵のことだから大丈夫だとは思うんですけど。私もこんなこと初めてで」

一条は待合室のソファに座り込んだ。

「テレビは報道しなくなったし、ネットの書き込みもどこにも見当たらなくて・・・いったい何が起きているんでしょう？」

城島はすこし離れた場所に座る。

「おそらく一人でいろいろと後片付けをされているんだと思います」

「後片付け？　そもそもあの報道は本当なんですか？」

「私にはわかりません。ただ・・・あの薬は確かに伯爵の会社で作られているものです。でも、それ以上のことはわかりません」

俯きながら一条は答えた。

「そうですか・・・でも、それが本当だったら・・・」

城島はそう言いかけて、言葉に詰まった。

「私ね・・・」

一条は城島の心中を察してか、別の話を始めた。

「私ね。実は伯爵に大学時代、援助してもらってたんです」

「援助？」

「はい。私が芸能の仕事をやっていたのはご存知ですよね？　高校時代にスカウトされて最初はモデルになって・・・」

「はい」

「父は子供の頃に他界していて、母と二人暮らしだったから、経済的に余裕が全然なくて。だから、芸能のお仕事はそれなりの収入にもなったし、キラキラした世界にいるだけで嬉しくて、たのしくて。最初は母も応援してくれていたんです」

一条はすこし遠い目をした。

「でも、私が仕事で忙しくなってくると、母はだんだん心を病んでいってしまって・・・今なら彼女の気持ちもわかるし、ケアをしてあげられたけど、あの頃は自分のことで精一杯で。城島さんはわかると思うけど、芸能界って汚いところでしょ？　売れるためにはなんでもやらされたし、やらなくちゃいけなかったから」

城島は一条の言葉の意味を察し、頷いた。城島のところにも芸能プロダクションの人間が、売れていない歌手を連れて挨拶にくることが時々あった。遠回しにそれとなく言う人間もいるし、単刀直入に枕営業をしてくる連中もいた。

「私を心配してくれてたのに、母とぶつかることが多くなってしまって。一緒にいると喧嘩ばかり・・・それで、十九の時に勝手に家を出てしまったんです」

城島は無言で聞いていた。

「母にとって父が他界した後、私だけが心の拠り所だったんだと思います。そんな母の気持ちを無視して何年も音信不通状態になって・・・次に母に会ったのは、亡くなった後でした」

城島は唇を噛んだ。

「薬の大量摂取でした。うつ病を患っていたらしく・・・自殺だったのか、事故だったのか・・・」

「それで・・・医師に？」

一条は小さく頷いた。

「大学受験して医学部に入ったはいいけど、芸能界で稼いだお金だけじゃぜんぜん足りなくて。で、卒業するまでは・・・と思って、パトロン・・・っていうか、簡単にいうと、愛人・・・ですね。そういう関係で援助をしてくれる人を紹介してくれる事務所に登録したんです」

「え？　そこで伯爵と？」

「まさか。違います。伯爵はそんなところに出入りするような人じゃないです」

そう言ってすこし笑った。

「その当時、私のパトロンだった人が、たまたま菅原グループの関連会社の方で。どういう経緯で伯爵が知ったかわかりませんが、烈火《れっか》の如く怒って」

一条は昔を思い出すような目をして話を続けた。伯爵の怒った顔が目に浮かんだ。

「それでなんだかんだあって、伯爵が大学の学費を肩代わりしてくれて、この診療所も作ってくれることになったんです。あ、でも、誤解しないでくださいね。私、伯爵の愛人でもないし、想像しているような関係じゃないですからね」

「そ、そうなんですか？」

「そうですよ。ぜったい誤解していると思っていましたけど」

一条は悪気なく笑う。

「そりゃそうですよ。VERITASで何度かお会いしていますし・・・」

城島は一条がエロティックな格好で伯爵のそばにピタッと寄り添っていた姿を思い出していた。

「まぁ、父親がいない私にとっては、伯爵はパパといえばパパみたいな人ですけど・・・そういう関係じゃないですし、伯爵もそんなこと一度も望まれたことないです。純粋に私の夢を応援してくれて・・・っていうか、私だけじゃないです。VERITASにいる、マイノリティと社会で言われているような弱い立場の人たちを、いろんな形で密かにサポートしてくれているんです。ですから、大学の学費のことや、診療所を作っていただく条件は、伯爵の紹介する方々の心のケアをしていくことでした」

「知らなかった・・・」

「伯爵はそういうことを口にする人じゃないですからね。私の愛人ぶるのも照れ隠しみたいなものですね」

「照れ隠しって」

伯爵が一条の太ももを触っていた光景を思い出して城島も笑った。

「でも、そういう人なんです。伯爵は」

一条はすっと真顔になって城島を見た。

「そうですよね」

城島も深く頷いた。

一条の表情は、伯爵への言葉にできない深い情愛を物語っていた。


結局、その日は一条と伯爵の話を聞いただけで、肝心の伯爵の安否は分からずじまいだった。しかし、二人の関係を改めて聞くと、納得することばかりで、勝手に一条を愛人だと決めつけていた浅はかさに情けなくなった。そして自分も眼に見える情報でしか、人のことを見ていなかったのかと思うと、マスコミ連中と大差ないな、と辟易《へきえき》した。


そうこうしているうちに、秋はどんどんと深まっていった。ジャケット一枚では街を歩くのも辛い季節が近づいていた。

騒いでいた『世間』という無責任な観衆は、誰かの見えざる力によってなのか、その元来の性質からなのか、週刊誌の記事のことも、道化に仕立てようとした伯爵のことも呆れるくらい綺麗に忘れていた。

そしてそれを計算していたかのように、一条からの電話で一ヶ月ぶりに伯爵の行方がわかった。

一条の声もやっといつもの明るさを取り戻していた。

精神的に限界に達していた城島は、伯爵の居場所を聞くと、すぐに身支度をしてタクシーで向かった。

ただ、電話の切り際に一条が言った、

「伯爵も城島さんになにかお話したいことがあるとおっしゃっていたので」

という言葉が気になった。


その場所は、伯爵の船《ヨット》が停泊しているマリーナだという。窓の外は、そろそろ気の早いクリスマスの飾り付けがはじまる季節になっていた。

東京の喧騒《けんそう》から離れた郊外のマリーナに到着すると、施設の管理棟で伯爵の船が停泊している船置き場《バース》を教えてもらった。

揺れる桟橋を小走りし、伯爵の大きな船の前にたどり着く。

城島は船の入り口近くから声をかける。

すこしの沈黙の後、船の昇降口《ハッチ》が開いた。

「おう。ちょうど今、海から戻ったところだ。さぁ、乗れ」

いつもと変わらない様子の伯爵が顔を出した。

「伯爵・・・心配しましたよ・・・」

城島は言われるままに桟橋からヨットに飛び移った。

「すまなかったな。ちょっとバタバタと後片付けをな。もうほとんど終わったんだが」

すこし日焼けした顔の伯爵が手際よくロープを捌《さば》く。

「大丈夫だったんですか？」

「こういう時のために警察や政治家に金をばら撒いているんだ」

悪戯っぽくウインクをする。

一段落すると、伯爵はお湯を沸かし、珈琲を淹れた。

「それにしても・・・お元気そうでよかったです」

「心配かけたな」

伯爵は桟橋の先に煌《きら》めいている海原を見つめる。

城島は伯爵の笑顔を見て心から安堵した。伯爵のことだから絶対に大丈夫だと、心の中で言い聞かせてはいたが、どこかで一抹の不安がずっとあった。神野を失った時のような恐怖に怯えていた。

「そういえば・・・あのネットに出ていた動画って、もしかしてあの時の・・・？」

「あぁ」

伯爵はすでに興味なさそうに話をする。

「社会の裏側まで足を突っ込んで生きていると、たまにはこういうこともある」

小さな棘《とげ》でも刺さったくらいの感じで言った。

伯爵はリモコンを弄《いじ》り音楽を流した。スピーカーから美しい旋律が流れてくる。城島のヒット曲だった。

「いい曲だ。この一ヶ月、おまえの曲をずっとここで聴いていた。音楽はいいな。気持ちが安らぐ」

「・・・そう言ってもらえると・・・」

音楽はまるで雲が流れるように風に乗ってマリーナの中を漂う。

「相変わらず音楽の話をすると顔が曇るな。こんなに良い曲を書くのに」

「そんなことは・・・」

「これ以上を求める必要があるのか？」

「わかりません。でも・・・」

伯爵は黙って城島の言葉が出るのを待った。

「伯爵に拾っていただいて、想像できないくらい、作曲家として成功させていただきました。でも、僕の才能なんか死んだ神野の足元にも及びません・・・最初はあいつと一緒に音楽を作ったり演奏したりするのが好きで、その想いだけで音楽をやっていただけでした。それなのに、神野が死に、僕がまるでその代わりのように音楽を作っている。なんでこうなってしまったのか・・・正直、いつも不安なんです」

「天才・・・神野慎吾・・・か」

「あいつはまるで森羅万象と話ができるような人間でした。川のせせらぎや吹き抜ける風からメロディを紡ぎ、雨音や雷鳴からリズムを生み出す。僕とは次元が違うところで生きていました」

「だが彼はもういない」

「僕の中にはまだいるんです。でも僕には神野が見ていた世界が見えないから・・・僕に求めているものが・・・託されたものがわからないんです」

一気に喋ると城島はじっと自分の足先を見つめる。

「すみません。伯爵が心配で来たのに、自分のことばかり話してしまって・・・」

「いや。いいんだ。だが、それなら、俺みたいなならず者《ローグ》と関わっている場合じゃないだろう？」

「それは違います。TVやネットニュースが真実だなんて思っていません。それに一条先生に色々お聞きしました。先生とのことや、VERITASの人たちのことも・・・」

「あいつ、余計な話を・・・」

伯爵はやれやれという顔をした。

「いろいろ勘違いしていて、すみませんでした」

城島は、自分が情けない、という表情でため息をついた。

「そんなこと気にするな。それに俺がならず者なのは間違っちゃいない」

伯爵はポケットから小さな青い錠剤の入った瓶を出し、甲板《デッキ》のテーブルに置いた。

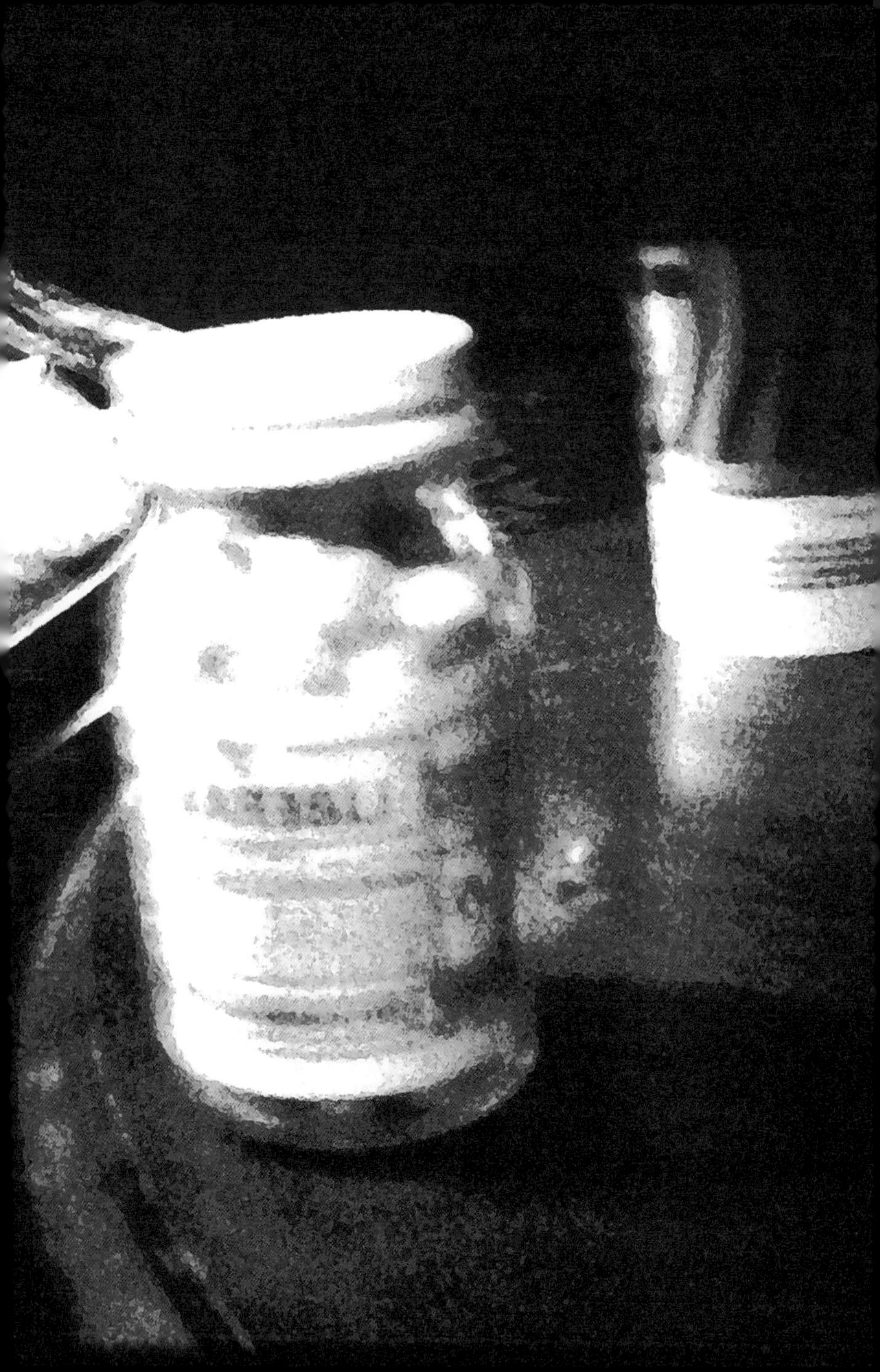

「この錠剤は『Liberabit《リベラビット》』という薬だ。モルヒネの百倍強力と言われている薬品、フェンタニルを改良して我が社が・・・いや、俺が作ったものだ。本来は癌の痛みの緩和などを目的とした鎮痛剤だが、ほんのわずかでも過剰摂取すれば死んじまう」

「ほんのわずか・・・」

「改良前のフェンタニルでさえ致死量は2ミリグラム。粉末にしたら、ペン先ほどの量で死んじまう。だが、俺の作ったこいつはさらに少量で致死量になる」

城島は恐る恐るその瓶を手にした。

「Liberabit・・・」

「『Veritas《ヴェリタス》 Liberabit《リベラビット》 vos《ボス》』　ラテン語で、『真理は汝らを自由にする』だ」

「Veritas・・・」

「もうヴェリタス《あの店》はないがな」

伯爵は無表情で続ける。

「そしてこいつは同時にとんでもない多幸感をもたらす。コカインなんかよりはるかに強烈な麻薬にもなる。だからドラッグとして世界各地の闇世界や戦場に出回っている」

「これを嗅ぎ回っていたんですか？」

ふん、と鼻を鳴らし頷く。

「俺が売っているのは、戦争というやつを、いろんな形で裏から支えているような代物だ。鎮痛剤として、毒薬として、麻薬として・・・どう使うかはこいつを受け取ったやつ次第だが」

伯爵は真顔で城島をじっと見つめる。

「どうだ、すこしは俺が恐ろしくなっただろ？」

僅かに口角を曲げて笑う。

「・・・正直、怖いです。でも・・・」

「でも・・・？」

「それでも、伯爵を悪人なんて思えないし、僕は伯爵のことが好きです」

伯爵は、また、ふん、と鼻を鳴らす。

「音楽家も時に望むと望まざるに関わらず、戦争に巻き込まれたりします。ワーグナーも、ヒットラーに愛されナチスドイツの権威のために利用されました。戦争を裏から支えているというのなら同じようなものです」

「同じじゃない」

「同じです。音楽が人を殺すこともあります」

珈琲の湯気が青い虚空に登っていく。

「戦争には正義も悪もない。こっちの国の正義はあっちの国の悪だ。この前も言っただろ？　人間は自分たちの『見たいと思うもの』しか見ない。正義が勝って悪が負けるのは映画や小説の中の話だ。実際は強いものが弱いものを殺すだけ。それを御託並べて何千年もの間、意味もなく殺《や》り合っている。くだらねぇ」

吐き捨てるように伯爵は言う。

「ただ・・・哀れなのは、その御託並べる国や為政者《いせいしゃ》の都合で、憎んでもいない相手と殺し合いをさせられる末端の人間たちだ。銃で撃たれ、体を引き裂かれ、苦しみ悶えながらみんな死んでいく。想像してみろ。その苦痛を・・・ほとんどのやつは死に方を選べない」

伯爵は一口珈琲を啜る。

「誰だってどうせ死ぬならすこしでも苦しまずラクに死にたいだろ？　それがVeritas《真理》かどうかなんかわからん。でも、俺が苦しみから自由にしてやる。それだけのことだ。それが麻薬になるかどうかは俺には関係ない。俺は俺が思った通りにする」

「・・・それが伯爵の正義なんですね」

「さっきも言っただろ。正義なんてものはどこにもない。あるのは俺の『意思』だけだ」

「・・・伯爵らしいです」

ふたりは熱い珈琲を啜った。悲しいくらい綺麗な晩秋の青空が広がっていた。

「だからおまえも自分が思った通りにすればいい。傲慢《ごうまん》だって構わない。誰かのためだとか、何かのためだとか、理由をいちいちつけたりする必要なんかどこにもない。おまえの好きなようにすればいいんだ」

「・・・」

城島は無言でしばらく空を眺めた。

雲がゆっくりと流れていく。

伯爵を心配して来たのに、自分の方が心配されている。その状況に情けなさを感じつつも、伯爵が以前と変わりなく、今まで通りの伯爵であってくれたことに安堵した。

そして安心すると同時に、一条に言われた言葉を思い出した。

「ところで・・・伯爵が僕に話したいことがあると、一条先生に伺ったんですが・・・」

「ああ。そのことなんだが・・・実はな。あの盗撮グループのサーバーを調べさせたら、俺の犯罪を立証するために撮影していた大量の写真や動画データが保存されていたんだが・・・その中のひとつに、こんな動画があったんだ」

伯爵はノートパソコンで動画を映しだした。城島はその映像をじっと見つめる。

「この男は Liberabit を麻薬として売り捌《さば》いている売人のようだな」

薄暗いどこかのバーかクラブのような場所で、売人と何かを話しながら、ビニールに入った錠剤を受け取る素ぶりのもうひとりの人物が鮮明に映っていた。

「え・・・?」

城島はびっくりして立ち上がる。船の横の防波堤に群れをなして羽を休ませているカモメが、城島の動きに反応して、一斉に大きな声で鳴いた。その声が、陽が翳《かげ》り出したマリーナにこだまする。

城島は画面を見たまま、呆然と立尽くした。


城島はタクシーを飛ばして仕事場に戻ると、駆け込むように部屋に入って行った。

「あ、先生、おかえりなさい」

姫野はいつもと変わらぬ顔で、向かってくる城島に声をかける。

城島は鬼の様な形相でツカツカと姫野に近寄り、胸倉を掴んだ。

「自分のしたことわかっているのか?」

「え?」

姫野はポカンとした顔で城島を見つめる。

「俺に隠していることあるだろ?」

「何も隠してないです。な、なんの話ですか?」

「今日、菅原会長に会ってきた。そこでこれを見せられたよ」

姫野を突き放すと、城島はスマホで伯爵からもらった動画データを見せた。

「ええ？」

「おまえ・・・いつから麻薬になんか手を出してたんだ！」

「麻薬！？　ち、違います！　誤解です！」

「何が誤解だ！」

「聞いてください！　違うんです！　これは・・・」

「これはおまえじゃないのか？」

城島はスマホの画面を姫野の顔の前に突きつけた。

「・・・ぼ、僕です・・・」

「クソッ！」

城島は姫野の口から「違う」と言って欲しかった。違うと言ってくれさえすれば・・・

裏切られたという気持ちが城島の張り詰めていた心の糸を切った。感情を抑えきれず、初めて人の顔を殴った。

「・・・二度と俺の前に現れるな。クビだ！」

「うぐっ・・・せ、先生！　ま、待ってください！　先生！」

城島は倒れ込んだ姫野を引きずるように玄関まで連れて行き、放り出した。

ガチャリと鍵のかけられたドアをどんどんと叩いて姫野はしばらく「先生！　先生！」と叫ん

でいたが、そのうちその声は聞こえなくなった。

向井からそんな姫野に電話が入ったのはそれから数時間経った頃だった。

冬の日没は早く、公園のベンチに座ったままの姫野の影は、伸びたと思った瞬間、闇にかき消されるように正体を失っていった。

「はい・・・」

姫野は力なく電話にでた。

「もしもし、姫野さんですか？　お疲れ様です。ミュージックウェブマガジンの向井です。先日連絡してありました、来年の年始号の取材の打ち合わせをお願いしようかと思いまして」

「・・・は・・・はい・・・わかりました・・・でも・・・僕・・・もう・・・クビに・・・」

冷静さを装い、涙をグッと堪えながら受け答えをする。

近くの踏切の遮断機の降りる音が会話を遮ることも相まって、一層不穏な空気を電話口から向井は感じた。

「え？　クビ!?　姫野さん・・・？　どういうことです？　姫野さん？」

無言の受話器に電車の通過する轟音と遮断機の警告音が鳴り響く。

「姫野さん！　姫野さん！　大丈夫ですか？　今、どこですか？」

向井は大きな声で姫野に居場所を尋ねた。

姫野は受話器を持ったまま涙を必死に堪えているようだった。

向井は姫野から強引に公園の名前を聞き出すと、すぐにタクシーを拾って向かった。


程なくして、向井は姫野のいる公園に到着した。

姫野はもはや闇と同化したようにベンチに力無く座り込んでいた。

並んでベンチに座ると、何があったのか、その経緯を姫野から聞いた。

「それにしても酷い！　殴るなんて」

「仕方ないです・・・あんな映像見ちゃったら・・・」

「でも、誤解なんですよね？　麻薬なんかやってないんでしょ？」

「もちろんです！　でも、売人と一緒にいたのは事実なんで・・・」

「なんでそんな人といたんですか？」

姫野はしばらく黙っていた。

しかし意を決したように重い口を開く。

「実は・・・僕、親がいないんです。児童養護施設で育って・・・動画に映っていた売人はそこで一緒に育った友達です・・・」

「友達？」

「友達って言っても・・・ほら、僕、こんなでしょ？　ナヨナヨしているし・・・だからそいつによくいじめられてて・・・」

自分のことを指差していう。

「あの頃は自分の居場所がどこにもなくて、いつも死ぬことばかり考えていたんです。でもそんな時、先生が施設の慰問演奏会に来てくれて・・・」

「そこで城島さんに」

「はい。なぜか、僕なんかを気に入ってくれて」

「きっと姫野さんの才能を見抜いていたんですね」

「どうでしょう・・・でも、それからは、毎日ピアノを弾いて、作曲の勉強もして。いじめは続いていましたが、先生との音楽の時間や会話を思い出すと、いじめなんか全然気にならなくなって」

向井は、うんうん、と頷きながら城島のことを語る、キラキラした姫野の顔を見ていた。

「でもその人に会いに行っちゃったのは失敗でしたね」

「あの時はまさか麻薬を売ってるなんて知らなくて。もし来ないなら、あいつが僕の仕事場に来るって・・・先生にあんなやつ絶対に近づけたくなかったから」

「城島さんを守ろうとして・・・」

「守るなんて烏滸《おこ》がましいですけど・・・で、仕方なく会いに行ったら、ものすごい効き目のクスリをやるから先生に売りつけてこいって・・・」

「なんてことを・・・」

「ポケットに麻薬を押し込まれたけど、ちゃんと突っ返したんです。そしたら店の外に連れ出されてボコボコにされて・・・」

と、力なげに笑う。

「その時のお店の映像だったんですね」

「はい・・・」

姫野は悲しげな顔で俯《うつむ》いた。そして、ポタポタと涙を溢した。

「姫野さんは、城島さんのこと・・・」

姫野は我慢しきれず号泣した。

向井はバッグからハンカチを出すと姫野に渡した。そして泣き終わるのをじっと待った。

その間、数ヶ月前に美術館で城島に同じことをしてもらった出来事を思い出していた。

「・・・僕、先生を・・・愛してるんです」

泣き終わると姫野は小さく告白した。

向井はベンチから立ち上がり、姫野に手を差し出した。

「先生のところに行きましょ。誤解を解かなくっちゃ」

「・・・でも・・・」

「大丈夫。私、そういうの得意なんです。ちゃんと説明すればわかってもらえます！」

「僕、向井さんにひどい態度取ったりしてたのに・・・」

「先生に変なのを近づけたくなかったんですもんね」

向井はちょっと意地悪そうに笑った。

「あ、いや、そんなつもりじゃ」

「でも、姫野さんの気持ち、今ならすごくわかります。それに、私も城島さんに以前救われたことがあって・・・だから城島さんと姫野さんには今まで通り、仲良くいてほしいんです」

向井は姫野を連れて城島の元に向かった。

向井はタクシーの車内で城島に何度もラインや電話をした。しかし返事はなかった。仕事場のマンションに行ったが、城島の姿はなかった。

姫野に教えてもらい城島の自宅に向かった。出かけてしまっているかもしれないが、その時は家の前で待つつもりでいた。


城島の自宅は仕事場のマンションから歩いて十分ほどのところにある瀟洒《しょうしゃ》な一軒家だった。向井はインターフォンを押した。しばらく待ったが反応がない。何度かインターフォンを押す。姫野はまだ生気のない顔でその様子を見ていた。

城島の返事はない。

「出かけているのかな・・・」

向井は半ばヤケクソになってインターフォンを連打する。

すると、真っ暗だった玄関に灯りがついた。

姫野はその瞬間、殴られたことがフラッシュバックしたのか、顔色が悪くなり、後ずさった。

「や、やっぱりいいです。どうせ信じてもらえないし、今更・・・僕・・・」と口走って、その場から走り去ってしまった。

「ちょ、ちょっと！　姫野さん！　姫野さ・・・」

「誰だよ！　インターフォン連打しやがって」

と怒鳴りながらガウン姿の城島が勢いよくドアを開けた。

「む、向井・・・さん？　なんでここに・・・？」

城島は自宅を知っているはずがない向井が目の前にいることに困惑して、酔っ払った頭を何度か振る。

「あ、こ、こんばんは・・・今、姫野さんと一緒で・・・いや、いたんだけど、今はいないっていうか・・・」

「姫野・・・？　あぁ・・・あいつはクビにしたんです」

城島はドアを閉めようとする。

「ちょっ、ちょっと待って！　話を聞いてください！　全部誤解なんです！」

その言葉が終わらないうちに、城島は無視してドアを閉めた。

向井は慌ててドアを叩いた。

「城島さん！　開けてください！　城島さん！」

「なんなんですか？　警察呼びますよ」

一度消えた玄関の灯りが再びついて、城島がドア越しに向井に言った。

「よ、呼んでください！　警察でもなんでも！」

向井も意地になって引かない。

少しの間、玄関のドアを隔てて見えない相手と睨み合っていたが、城島が根負けしてドアを開けた。

「はぁ。そしたらそこで騒がれると近所迷惑なんで、とりあえず・・・」

そう言って向井を家の中に通した。

「すみません。でも大事な話だか・・・ら・・・って、じょ、城島さん・・・すごく飲んでます？」

玄関を入った瞬間から強烈なアルコールの匂いがした。

「飲んでちゃ悪いですか？　ここ、俺の家ですよ」

「ちょ、ちょっと、大丈夫ですか？」

ふらつく城島に手を差し伸べる。しかし、城島はその手を振り払う。

「なにしに来たんですか？」

「さっき姫野さんに会って話したんです。城島さん、誤解しているわ」

「誤解？　ああ・・・バッチリ、売人から麻薬を受け取っている映像があるんです。言い逃れできませんよ・・・。だけどもうどうでもいいんです、そんなこと。あいつは俺には関係ない人間ですから」

城島は家の奥に入っていく。

「城島さん！」

向井も城島の後を追って部屋の奥に入っていく。

間接照明がひとつだけぼんやりと灯った一番奥の部屋にはグランドピアノがあり、その上にはほとんどなくなっているウイスキーの瓶が置いてあった。

「これ・・・城島先生！　飲み過ぎですよ！」

「先生はやめろって言ってんだろ!!」

つい向井の口から出た『先生』という言葉に城島は反射的に大きな声を上げた。

「お、大きな声出さないでください！」

「・・・」

城島はその言葉に一瞬、我に帰った顔をするが、すぐに視線を外す。

「どうしたんですか、城島さんらしくない・・・」

城島はふらつきながらピアノの演奏椅子に座った。

「・・・らしくない？・・・なんですか？　じゃ俺らしい・・・・って？」

「それは・・・紳士的で、優しくて・・・」

「紳士的？　優しくて？　冗談じゃない！　俺のことなんか、あんた何にも知らないじゃないか」

城島は自嘲《じちょう》混《ま》じりにすこし声を荒げる。

「そ、そりゃぁね！　そりゃ分かりませんよ。だって三回しか会ったことないんだもん！」

向井も、城島の声に負けじと声を荒げる。

「だったらもういいだろ？　さっさと帰ってくれ」

「いやです。帰りません！　私はあなたのことまだ全然知らないし、わかんないけど、このまま帰るわけにはいきません」

「あんた姫野に何言われてきたのか知らないが・・・俺たちの話に口を挟む権利なんてないだろ」

「姫野さんはあなたを守ろうとしてたんです。あなたが大事だから・・・いえ・・・あなたのことを・・・」

「もしそんなに大事に思っているなら、あんなところに行ったりしないだろ？」

「それが誤解なのよ！　姫野さんはあなたの代わりに・・・」

「代わりに？　代わりにドラッグを買ったんですか？　意味がわからない」

「ちゃんと話を聞いて！　この酔っぱらい！」

「酔っぱらいの方がヤク中よりはるかにマシだろ？　そもそもあんたには関係ないだろ」

「関係・・・ある！」

向井の声が意を決したように一段と大きくなる。

「どう関係あるっていうんだよ」

城島はピアノの上のウイスキーをグラスに注ぎ、飲もうとするが、そのグラスを向井が奪ってグイッと飲み込んだ。

向井はそのまま一気に飲み干すと、はぁあああ、と息を吐き出した。

掛け時計の針の進む音だけが、やけに大きく聞こえている。

「私もあなたを・・・城島さんを好きだから」

「・・・好き?」

城島の言葉が宙に浮き所在《しょざい》なげに浮かんでいる。

「そうよ・・・好きで悪い!?」

「今度はあんたまで俺をからかう気か? どいつもこいつも俺を馬鹿にしやがって・・・さっき自分で言っただろ? 俺のことなんか何も知らないって。何も知らない人間のことを好きになるのか?」

「なるわよ! 人を好きになるのに理由なんてないでしょ! 年齢だって性別だって立場だって関係ないわ!」

城島は深いため息をつく。

「あんた、さっきから何の話をしてんだよ。姫野の話なのか? それともあんたの話なのか?」

「なんで姫野さんを信じてあげられないの!? あんなにあなたを想っているのに。才能に恵まれて、天才だなんてチヤホヤされて、人の気持ちがわからなくなってんじゃないの?」

「なんでもかんでも天才なんて言葉で片付けるなよ! そもそもほんとに俺が天才だと思っているのか?」

「思っているわよ! 私だけじゃないわ。姫野さんだって、いや世間のみんながそう思っているわ!」

「やめてくれよ！　もうそういうの、うんざりなんだ・・・」

ピアノの上に置いてあったウイスキー瓶を手で払うと、瓶は床に落ち割れた。間接照明の灯りにガラスの破片がキラリと光った。

「・・・あんた、俺がどんな思いで作曲しているか知っているか？　知らないだろ？　そうだ、教えてやるよ・・・あんたらが天才だ、売れっ子だって騒いでいる俺のことを・・・」

城島はそう言い放つと、向井の前に仁王立ちとなった。身体がわずかに震え、視線も虚《うつろ》になり、呼吸が浅くなった。

しばらくすると、城島の目つきが変わり、何かが憑依したような顔つきになる。

ピアノの前の大きな鏡に城島の顔が映る。その中に少しずつ人影が現れるのを城島は感じる。向井には何も見えない。ただ時計のカチカチという音がしているだけだ。

しかし鏡の中の人影がはっきりと城島には見えだし、同時になにかの擦れるような音と電子的なノイズのようなものも聞こえてくる。逆にそれ以外の音は城島にはなにも聞こえなくなっていた。

そしてそのノイズの旋律の上を、どこからともなく、またいつものようにカタツムリが現れて、城島の身体を這い上がってくる。

音楽とは言えないほどに不協和音の混ざった不気味な旋律だったが、その中から城島は美しいメロディを掬《すく》い上げ鼻歌を口ずさんだ。

気がつくと城島はガウンを脱ぎ、裸になっていた。左手にはいつの間にかカッターナイフが握りしめられている。

向井は心臓が止まったように硬直した。

城島はそんな向井を無視して目の前の鏡を見つめていた。そこにはあの日の思い出が見えていた。


城島はケーキを大事に抱えてマンションのエレベーターに乗っていた。

『薫、ビックリするかな』

そう心の中で呟きながら楽しそうに部屋に向かう。メールでは明日行くと伝えたが、バイトを抜けてサプライズで誕生日を祝うつもりだった。

部屋の前まで来て、インターフォンを押そうとしたが、ふと何気なく、ドアノブを回してみた。

ドアには施錠されてなく、スッと開いた。好奇心と悪戯《いたずら》心が急に城島の中に芽生えた。

城島は忍び足で部屋に入っていった。

そっと近づいた部屋の奥で物音がする。慎重に部屋のドアに近づく。ドアはすこし開いていて隙間から光が漏れていた。

城島は光の漏れているドアの隙間を覗き込んだ。

するとそこにはベッドの上で抱き合い、互いの体を舐め合う獣のような神野慎吾・・・いや、神野薫と桜木玲那の姿があった。

目の前が一瞬真っ白になった。城島はしばらく呆然とふたりの姿を眺めていた。

ふたりの肉体が月明かりの中、ヌルヌルと唇を交わしては互いの体を愛撫した。その唾液の痕がキラキラと光っていた。桜木のすこし長い舌が神野の耳を舐める。それはまるでカタツムリが這うかのように、徐々に耳元から首筋、鎖骨のあたりを銀色の唾液の痕を残しながら蠢いた。

その動きに呼応し、神野の身体は光の中で仰け反ったり震えたりした。そして大きく息を吸い込むと快感に身を委ね吐息を漏らした。

城島の手からケーキが床に落ちた。

ゴトン、というその音に、抱き合っていた二人の動きが止まる。

城島も固まったまま、愛する神野薫の顔を見つめ動くことができなかった。

城島は右手で何度も悲しげな旋律を弾いた。カッターナイフの切先《きっさき》はそそり立つペニスを赤く染めた。まるでカタツムリを追い払うかのように、旋律に合わせて左右にカッターナイフは振られた。その度に血飛沫《ちしぶきき》が飛んだ。

内腿《うちもも》や下腹部には、これまで何度もそうしてきたことを物語る、いくつもの傷が残っていた。

やがて振り回していたカッターナイフを床に落とすと、恍惚とした表情で、血だらけになったペニスを握った。

握る指の隙間から赤い血が滴り落ちた。

向井は胸元で強く右手を握りしめ、目を逸らせずその光景を凝視していた。額を汗が流れ落ちていくのがわかった。

やがて城島は小さく神野の名を呼ぶ。

「・・・薫・・・」

そう呟くと城島はそのまま椅子に座り込み、鍵盤に突っ伏した。バーンと不協和音が鳴り響く。歯を食いしばり、城島は襲ってくる快楽に震えている。バラバラの音の隙間に悲しげな歯軋りの音がする。そして赤く滴る鮮血の後を追うように、城島の足元には白い精液が迸《ほとばし》った。

赤と白の液体が床で混ざり合った。

向井はどうすることもできず城島をただ見つめていた。

「わかっただろ・・・狂ってるんだよ」

城島はガウンを着直しソファに座った。血はもう止まっているようだった。

血と精液の混ざった匂いがした。

「薫・・・さん・・・」

向井がぼそっという。

「薫は・・・」

「知ってます。神野慎吾さんの本名・・・神野薫さんですよね？」

「・・・」

「これでも音楽雑誌の編集長ですから」

向井は項垂《うなだ》れる城島を見つめる。

「薫は、自分たち母子《おやこ》を捨てた父親を憎んでた。だからプロになった時に、父親に見つけられるのが嫌で名前を変えた・・・」

城島は顔を上げ、壁に飾られた指揮棒を振る神野の写真を、愛おしそうに見つめた。

「神野さんのことを・・・愛してたんですね・・・」

「薫だけが・・・俺のすべてだった」

この会話に辿り着くのにどれくらいの時間が経過したかわからなかった。それは一分だったのかもしれないし、一時間だったのかもしれない。

ただ、城島と向井は静かに時間を共有していた。

「俺の勝手な想い・・・クソ重くてどうしようもない身勝手な想いが薫を・・・あいつを殺したんだ・・・」

だんだんと正気に戻り、酔いも覚めだし、冷静に話はじめた。

「薫は表向き病気で死んだことになっています・・・」

城島は、ぽつりぽつりと過去の話をはじめた。


神野がピアノを弾いていた。

しばらく弾いたところで指が動かなくなる。何度も同じところを弾こうとするが、どうしてもうまく弾けなかった。

「わかっただろ？　もう音楽家としては終わったんだ」

神野は難病に冒《おか》されていることを城島に伝えた。神野の顔には生気がまるでなかった。

「何を言っているんだ、薫！　これからじゃないか！　賞だって獲ったばかりだろ」

「見てみろよ。もう足だって思ったようには動かない・・・」

神野は動かなくなった足を自分で持ち上げ、演奏椅子から車椅子になんとか移る。

城島は心配そうにその動きを見つめている。

「手や足だけじゃない。全部だよ。そのうちピアノを弾くどころか、食べることも息をすることもできなくなっちまう・・・」

　神野はじっと自分の手を見つめる。

「医学は進歩しているんだ。絶対に治る！　桜木さんだっているし、俺だってこうしてそばにいる。そんなこと言わないでくれよ」

「玲那とは・・・もう・・・別れたんだ」

「え・・・？　ど、どうして・・・」

　城島は強く拳を握りしめる。

「玲那はドイツに留学することが決まっているんだ。玲那には未来がある」

「薫にだって未来はある！」

「もうないんだよ！」

　神野は大きな声で吐き捨てた。

「何を言っているんだ、薫！　未来はある。薫にもちゃんと未来はある！　俺がずっとそばにいる！　だからそんなこと言わないでくれ・・・もし薫がピアノを弾けなくなっても、薫の曲を俺が手になって弾くよ。薫が歩けなくなったら俺が背負ってどこにでもいけばいい！　だから・・・」

　城島は神野の手を握り祈るように涙を流した。

足元に跪《ひざまず》き縋《すが》る城島を振り解《ほど》くと、神野は車椅子で窓辺に行き、外を見つめながら静かに涙を流した。

「・・・だいぶ病気が進行してたのに・・・俺が薫に・・・頑張れ、頑張れって・・・無理をさせて、自分勝手な期待や希望を押しつけて・・・」

城島の頬を涙が伝った。

いつの間にか向井の頬にも涙が流れていた。

「それからしばらくして・・・薫は車椅子のまま・・・湖に・・・・」

「城島さんは悪くない！　あなたのせいじゃない」

城島が話終わらないうちに、向井は強く城島を抱きしめた。

カチカチと時計の音だけが部屋の中に響いている。

二人の間を長い時間が過ぎていった。

向井は自分の目の前で起きたことが俄《にわ》かに信じられずにいたが、自分のやるべきことを思い出し、意を決して城島に伝えた。

「人の気持ちを簡単に比べることなんかできないけど・・・城島さんが神野さんを想うように、姫野さんも城島さんを・・・」

「わかってます。でも・・・俺は・・・誰かに愛される資格なんかない」

城島の血で染まったカッターナイフが悲しげに鈍く光る。

「姫野さんの気持ち、ちゃんとわかっていらしたんですね。だったら私の話をちゃんと最後まで聞いてください。姫野さんのためだけじゃなくて、城島さんのためにも」

そう向井は言うと、城島の前に正座して話だした。


城島は向井から話を聞き終わると、礼を言い、タクシーを呼んだ。

ほとんど口にすることがない孤児院での生活を、向井に話した姫野の言葉に嘘はないと思えた。うっすらと空が白みだすまで、城島は何度も、姫野のラインに連絡した。しかしラインはまったく既読にならなかった。通話も圏外を伝えるコールをするだけだった。


それから丸三日間、姫野と連絡は取れなかった。

警察に届け出ようかとも思ったが、大の大人が数日戻らないくらいで、まともに探してくれるとも思えず躊躇した。

向井はその後も、姫野の安否を気遣い、毎日城島に連絡をしてきた。

城島は、酔った上でとはいえ、醜態《しゅうたい》を晒《さら》し、今まで誰にも・・・一条にすら教えることのなかった『秘密の行為』まで見せてしまった向井と話すのがすこし気まずかった。

しかし向井は向井で、勢いのまま告白したことを気まずく思っていたのか、あの夜のことには一切触れてはこなかった。

四日目の朝、城島は、姫野の生まれ育った養護施設に向かうことにした。

とっくに閉鎖された場所になど行かないとは思いつつも、姫野が向かいそうな場所はそこしか思い当たらなかった。

城島は洗面所の鏡に映る、やつれた自分の顔を見て苦笑した。毎日当たり前に話をし、仕事をしていた姫野と、数日連絡つかないだけでこんなにも精神的にダメージがあることにビックリしていた。同時に、どれだけ姫野の存在が自分を支えていたのかを思い知った。

顔を洗うと何度も頬を叩いた。そしてガレージ行き、長い間乗らずに放置していた古いバイクを引っ張り出した。バッテリーを繋ぎ、何度かキックする。始動に梃子摺ったが、しばらくすると息を吹き返すように低い唸《うな》りをあげた。

懐かしい風景までが音に混じって蘇ってきた。城島は二度、三度とアクセルを開け空噴《からぶ》かし、ゆっくりとガレージを出た。そしていつの間にかすっかり冬景色に変わりだした街を背に走り出した。

廃墟となっている養護施設に着いた頃には陽が落ちかけ、世界が闇に閉ざされようとしていた。山の稜線《りょうせん》の薄明かりも途絶えようとしている。ひと気がまったくなく、寂しく、薄気味悪かった。

城島はバイクを停めると、懐中電灯を灯しながら、封鎖《ふうさ》されている柵を乗り越えた。

庭を横切り、玄関に向かう。扉を何度か押したり引いたりしたが、しっかりと鍵が掛けてあり入ることはできなかった。

ぐるりと建物の周りを歩きながら姫野の名前を呼んだ。返事はない。

声が闇に吸い込まれていく。だんだんと不吉な予感のようなものが込み上げてくる。

「まさかな・・・」

城島は自分の勘が的中しないことを祈りながら姫野の名前を呼ぶ。そして、壊れ掛けた裏口のドアを見つけるとソッと引いてみた。玄関のドアと違って、すんなりドアは開いた。城島は恐る恐る中に入った。

姫野の名前を呼ぶ。しかし、反応はない。廊下を抜けて奥まで入っていく。薄暗い室内をあちこちぶつけながら先に進む。

建物の一階には姫野は見当たらなかった。

昔、慰問《いもん》で演奏したピアノも処分されたのか何処にもなかった。広間に掲げられていた十字架に架けられたキリスト像だけが埃をかぶって床に転がっている。

幼かった頃の姫野の姿が目に浮かんだ。

『僕、絶対、先生みたいな作曲家になります！』

来るたびに自分で作った曲を弾いて聴かせてきた姫野との思い出が蘇る。人懐っこく城島にまとわりつく姫野の幼い笑顔が懐かしかった。

陽も落ち、一気に闇が広がる。

心臓の鼓動が皮膚を破りそうなくらい大きく波打った。

「姫野！　姫野！　どこだ！　いるなら返事しろよ！　伯爵が戻ったと思ったら今度はおまえか！　馬鹿野郎！」

その時、二階でわずかにガタンと音がした。

城島は懐中電灯を照らしながら階段を駆け上がり、姫野の名前を呼んだ。すると、その光と闇の隙間に姫野が蹲《うずくま》っていた。

「せ・・・先生・・・？」

姫野は急に現れた城島をびっくりした顔で見た。

「やっぱり、ここにいたのか・・・」

城島は姫野に近づくと、安堵と疲労でへたばるように腰を下ろした。階段を駆け上がったせいか呼吸もすこし乱れている。

「おまえ、ちゃんと・・・ちゃんとラインに返事しろよ」

「あ・・・すみません・・・電池切れちゃって」

「・・・ったく。なにやってんだ、こんなところで・・・もう四日だぞ」

姫野は押し黙ったままだった。

よく見ると、姫野の蹲っていた場所の真上の梁に紐がかかっていた。

「おまえ・・・バカか！　おまえが死んだら誰が俺の作品を浄書するんだよ！」

「だって・・・僕・・・」

消え入る様な声を振り絞る。

城島は深くため息をついた。

「殴ったりして悪かった・・・・謝る」

「え？　じゃ・・・僕のこと信じて・・・」

「当たり前だ。そうでなきゃ、こんなとこまで探しに来ないだろ？　あん時は、つい頭に血が昇ったというか・・・勢いであんなこと・・・すまなかった。あの後、出版社の・・・」

「あ！　そうだ向井さん・・・」

「ああ。向井さんが、おまえのために必死に説明してくれて」

「すみません。僕、怖くなって逃げちゃって・・・向井さんに謝らなくちゃ・・・」

姫野は小さく足を抱える。

「顔は・・・大丈夫か？」

「はい。それは・・・」

城島は、姫野の顔を懐中電灯で照らす。

「せ、先生の方こそ、手、大丈夫ですか？」

「殴った方の心配なんかするなよ」

「でもピアノが弾けなくなったら困りますから」

「・・・まったく」

城島は蹲る姫野に手を差し出すと立ち上がらせた。

「帰るぞ。バイクの後ろに乗れ。ちょっと寒いかもしれないが」

「先生、バイクで来たんですか？」

「ああ。ひさしぶりに乗ったよ」

「僕なんかのために事故でも起こしたらどうするんですか！」

「おまえ、俺のバイクの腕を知らないだろ？　学生時代は、毎日バイクで走り回っていたんだ。

それに、僕なんか・・・じゃない。おまえは大事な俺の弟子、だろ？」

「先生・・・」

——おまえは俺に似すぎてんだよ
喉元まで出掛かった言葉を城島は飲み込んだ。

城島と姫野はすっかり暗くなった孤児院を出ると、バイクに跨り走り出した。大きな咆哮《ほうこう》がマフラーから響き渡り廃墟の壁に反響して低く唸《うな》った。

城島は背中に姫野の体温を感じながら高速道路を走った。

ふたりの姿はどこか在りし日の城島と神野の残像のようだった。城島自身もいつの頃からか、姫野を若かりし日の自分に重ね合わせていた。

城島はしっかりとハンドルを握り、蛇行する道に合わせて上手にアクセルをコントロールして直走《つっぱし》った。ヘルメットのウインドシールドをすこし開けて、新鮮な冷たい空気を顔に感じながら東京の喧騒《けんそう》に向かう。

城島は過去の記憶に気を取られないよう運転に集中した。しかし、姫野の体温を背中に感じるほど、神野とバイクを二人乗りして遊んでた大学時代や、なにより・・・あの最後の日の出来事を思い出さずにはいられなかった。


あれは山峡《やまかい》に雪が舞いだした寒い冬の日だった。

城島は神野の車椅子を押しながら湖畔の遊歩道を歩いていた。

「俺が死んだら・・・俺のために鎮魂歌《レクイエム》を書いてくれないか？」

なんの前触れもなく神野は城島にそう言った。

「唐突になんだよ」

「例えば、の話さ」

「例え話でも死ぬとか言うなよ」

城島の声を背中で聞きながら神野は話を続ける。

「人間は誰だって死ぬ。はじまりがあれば終わりがある。そうだろ？」

「そりゃそうかもだけど」

「もし・・・俺がおまえよりも早く死んだら、レクイエムで送ってくれよ」

「逆もそうしてくれるのか？」

「逆はないな」

「なんで？」

神野は城島の言葉を無視して話を続ける。

「最高の曲にして欲しいから、十年だ。十年の制作期間をあげるよ」

「十年？」

「頼んだよ」

「レクイエムなんて書けるわけない」

「約束したからな」

「おい、勝手に約束するなよ！」

そんな話をして笑い合った翌日、神野は自殺した。

城島はアクセルを噴かし、歯を食いしばった。姫野は急に加速したバイクから振り落とされまいと、城島の腰を抱きしめる腕に力を入れる。城島はそれでもなお、速度を落とさず、暗い闇を突き抜けようとした。

忘れることのできないあの日の『約束』が・・・未練や後悔、才への嫉妬、そして何よりも恋慕の情とぐちゃぐちゃに混ざり合って、城島を雁字搦《がんじがら》めにしていた。

また姫野の気持ちに寄り添おうとすればするほど、それは過去の自分の姿と重なり、一層、神野の記憶を色濃くした。

一二月

姫野との出来事からしばらくして、城島は伯爵に呼び出された。

「急にすまなかったな。呼び出して。船に来てくれた礼もしてなかったからな」

「礼なんて・・・」

指定されたバーには城島と伯爵しかいなかった。おそらく伯爵が貸し切っているのだろう。必要以上に静かだった。

「それから、アシスタントの・・・姫野くんか？ それもちょっと気になってな」

「誤解があったみたいで・・・あいつの『やっていない』って話を信じることにしました」

「そうか」

「あ、でも・・・アシスタントは辞めさせました」

「辞めさせた？」

「というか・・・卒業ですね」

「卒業・・・」

「今回のこととは関係なく・・・あいつのためにもそろそろ僕の元を離れて独り立ちする必要があったし、僕自身のためにも・・・」

伯爵はなにも言わず、しばらく目の前のグラスを見つめた。

城島も無言でウイスキーを飲んだ。

泣きながら城島の思いを理解して巣立っていった姫野のことや、今回のことで誰よりも世話になりながらも、その気持ちに応えることができず、傷つけてしまった向井のことを思って飲んだ。

伯爵の言う、『傲慢《ごうまん》に生きる』ということの意味と重みを味わっていた。


一杯目を、時間をかけて飲み干した後、伯爵はおもむろに立ち上がり、ラウンジ中央のステージのピアノに向かった。

そしてピアノの前に座り、静かに弾き始めた。

城島はびっくりして心臓が止まりそうになった。

伯爵がピアノを弾けることにも驚いたが、その曲が神野がよく弾いていた、母親から教わったという、どこにも発表されていないあの曲だったからだ。

城島は何が起きているのか分からなかった。ただ伯爵の演奏をじっと見つめた。

伯爵の奏でる音色はまるで神野が弾いているかのように繊細で美しかった。

「い、今の曲・・・」

伯爵は城島の隣に座り直すと、ひとつ深呼吸をした。

そしてすっと、赤ちゃんを抱いた女性の写真を大事そうにジャケットの内ポケットから出した。

「これは・・・？」

「神野慎吾・・・いや、神野薫と母親だ」

「え・・・」

「薫は・・・神野薫は・・・俺の息子だ」

城島は思いもよらない話に言葉を失った。

伯爵はグラスの中のブランデーを一息で飲み込むと、静かに語り出した。

「薫の母親とは高校時代に将来を約束した仲だった。今弾いた曲は俺が彼女に贈った曲だ。信じられないだろうが、俺も昔は作曲家を目指していたんだ」

「そ、そうだったんですか・・・」

城島はそう応えるのが精一杯だった。

「しかし家の勝手な都合で作曲家になる夢を断たれ、強制的に別れさせられてな。家柄だ、なんだと・・・時代遅れな話さ」

伯爵は飲み干した空のグラスを見つめる。

「俺はアメリカの大学に押し込まれ、連絡のしようもなかった。メールも携帯電話もない大昔の話だ。今じゃ傲慢になれただ、自分の意思を持てだ、格好のいいことばかり言ってるが・・・あの頃の俺は・・・何もできないただの若造だった」

伯爵はバーテンダーにブランデーをもう一杯注文する。

「渡米した時、彼女のお腹にはもう薫がいたんだ。でも、俺は何も知らされず、薫の存在を知ったのは、あの子が死んだ後だった・・・薫にはきっと恨まれていただろう・・・」

静かにジャズが鳴り響いている。バーテンダーが新しいブランデーを伯爵の前に出す。

「その時、薫の親友だったおまえのことも知った」

「それで・・・僕のところに・・・」

「薫には何一つしてやれなかった。その罪滅ぼしというわけでもないんだが。でも、勘違いするなよ。曲を頼んだのはおまえの才能を信じたからこその話だ。実際、おまえは日本屈指の作曲家になった」

「・・・それはどうでしょうか・・・」

「前から言っているだろ？　俺が認めた才能だ。もっと自分を信じろ」

城島はそれには応えず、氷の浮かんだウイスキーを一口飲んだ。

「約束の期限がくるんです」

すこし落ち着きを取り戻した城島も神野との『約束』を打ち明けた。

掛け時計の秒針の進む音がやけに大きく聞こえた。

「レクイエムを書いてくれと。十年の期限付きの約束でした」

「・・・十年か」

「十年間、必死に作ろうと努力しました。でも、あいつのように僕には才能がないから・・・

あいつの求めているものがわからないから・・・」

城島は母親と一緒に写る神野の写真をじっと見つめる。

伯爵はカバンから一通の封筒を出して、城島の目の前においた。

「これは？」

「薫からおまえに渡されるはずだった手紙だ」

「手紙!?」

「薫の部屋で楽譜に挟まっていたのを、この前、母親《アイツ》が見つけたんだ」

封筒に書かれた宛先の城島匠という文字は、すこし不自由になった手で書かれ歪んではいたが、間違いなく薫の文字だった。

「たぶん」

伯爵は城島を見つめた。

「薫は・・・ただおまえに生きていて欲しかったんじゃないのか」

そう言って二杯目のブランデーを静かに飲み干した。

城島は薫の死後、喪失感に耐えきれず、何度も後を追おうとしていたことを見透かされている気がした。姫野に誘われた温泉旅行の話も、簡単に応えられないくらい、身体中に躊躇《ためら》い傷が残っていた。

城島は、伯爵から渡された手紙を震える手で受け取った。

翌一月

その日は十年目の神野の命日だった。

城島は神野の墓参りに初めて行った。墓参りに行くことは否が応でも神野の死を受け入れることになる。だから城島はささやかな抵抗のように、墓参りに行かなかった。

故郷にある教会の墓地に行くと、母親なのか、伯爵なのかわからないが、たくさんの花がすでに墓前に供えられていた。

しかし、墓前に立っても、不思議なくらい城島には神野を感じられなかった。

その時、背後から声をかけられた。

「城島・・・くん？」

振り返ると、そこには桜木玲那《さくらぎれな》が花を持って立っていた。

「なんでここに？」

城島は咄嗟《とっさ》に馬鹿な質問をしてしまったと後悔した。

「なんで・・・って、今日、神野くんの命日だもん」

「覚えて・・・いたんだ」

「当たり前でしょ？　毎年来ているもの」

桜木は穏やかに微笑み、墓前に花を供え、手を合わせた。

「東京に仕事に出た後も命日には必ずここに来てるの。結婚した時も・・・ちゃんと報告しに来たよ」

「俺は・・・一度も来なかった」

「初めて来たの?」

「ああ・・・怖かったのかな・・・あいつがいない現実を突きつけられる気がして。君は強いな」

「強くなんてないよ。どれだけ・・・神野くんのことを引きずったか」

「引きずるくらいなら・・・そんなに薫を想っていたなら、あの時なんでドイツになんて行ったんだよ」

愚問だと分かっていながら、城島は言葉を止めることができなかった。

「・・・それが神野くんの願いだったから。体が動かなくなって、作曲することもピアノを弾くこともできなくなっていく自分を見ないで欲しい・・・って」

「だからって・・・本当は・・・そばに・・・」

「わかってたわよ、そんなの。わかってたけど・・・」

桜木の頬を静かに涙が伝った。

「・・・ごめん」

城島は墓標に刻まれる「神野薫」という文字をじっと見つめ唇を噛んだ。

名前の上に、じっと殻に閉じこもって冬眠している小さなカタツムリがいた。

冬にカタツムリを初めて見た気がした。

カラカラに乾燥したカタツムリはピクリとも動かない。

二人の間を静寂《せいじゃく》の時が流れていく。

「城島くんも・・・神野くんを愛してたもんね」

不意の言葉に城島はびっくりして桜木を見た。

「知ってたんだ・・・」

桜木も涙を拭いながら城島を見つめた。

「うん。でも、あの頃はいろんなことがあったし、なにも言えなかった」

「あ・・・あの時はごめん・・・」

「あれからなんとなく三人でいることもなくなっちゃったしね」

「俺が男のくせにつまらない嫉妬なんかしたから・・・」

「ううん。違うわ。それに人を愛する気持ちに性別なんて関係ない・・・こんな言い方、嫌かもしれないけど・・・私たち、同じ人を愛した者同士でしょ?」

「・・・愛した者・・・同士・・・」

その言葉に城島の心の中で何かが解けていく感じがした。

「・・・俺はなんにも分かってなかったんだな・・・」

「そんなことない。でもわたしは今、新しい人生を歩いている。幸せよ」

桜木は自分の薬指の指輪を見る。

「そろそろ城島くんも自分の人生を生きるべきよ、先に進まなくちゃ」

桜木はぎゅっと城島の手を握った。

その時、教会から讃美歌が流れてきた。姫野の育った養護施設でもよく子供達が歌っていた曲だ。

城島は懐かしそうにその曲に目を細める。歌声が青い空に向かって流れていく。

ふたりはしばらくその歌声を聴いていた。

美しいハーモニーが清々《すがすが》しく広がっていく。

「あいつからの手紙を受け取ったんだ」

「手紙？」

「十年かけて俺のところに辿り着いた」

「随分のんびりした郵便配達ね」

桜木も墓標の上の動かないカタツムリをチラリと見る。

城島は苦笑いをした。

「出会うってそれだけで奇跡・・・か」

いつだか向井に言った自分の言葉が脳裏を過ぎる。

「え？」

「なんでもない。あいつを・・・ちゃんと葬送《おく》りに行ってくるよ。ここにアイツはいない」

城島は桜木をしっかりと見つめた。

「うん」

桜木は小さく静かに頷いた。

城島は花束を持ったまま、ひとりで湖に向かった。

湖にはいつも夢に出てくるような霧はかかっていなかった。

十年ぶりに訪れた湖は、あの冬と何も変わらず、冷たく暗く、侘《わび》しかった。湖面を吹き抜ける風が身に染みる。

寒々しい湖畔を一人歩いた。誰もいない湖にひらりひらりと枯葉が舞い降りている。

神野との時間が次から次へと思い出されていく。

高校時代はバイクに二人乗りしては、意味もなく湖の周回道路を走り回った。夏には裸になって泳いだり、湖畔で焚き火をしたりした。

プロを目指し音大に通い出してからも、息抜きだ、何だと理由をつけては、ふたりでここを訪れた。

そしてあの日の前日も・・・

城島と神野にとって、ここは青春の結晶が煌めいている聖域《サンクチュアリ》であると同時に、互いの『時の運』が交錯し回り出した、始まりと終わりの地でもあった。

城島は神野の入水した場所まで来ると、立ち止まりじっと湖を見つめた。

湖面に映り込む雲の切れ間から、キラキラと太陽の光が差し込み、城島の視界を遮る。

すると湖の先にすっと人影が浮かび上がる。いや、浮かび上がっているように見えていただけなのかもしれない。

しかし、城島にはそれが神野だとわかった。

「薫・・・」

湖面の上の神野と城島は見つめ合った。

神野は静かに微笑んでいる。

そこには、城島が愛した、溢《あふ》れんばかりの才能を抱えた美しい青年のままの笑顔があった。

『ひさしぶりだな』

神野は城島を見つめた。

「手紙、読んだよ」

城島はジャケットの内ポケットから手紙を取り出す。

『そうか』

「うん」

『約束の曲はできたか?』

「ああ。待たせてしまったな、薫」

城島は顔を上げ、強く頷き応えた。

神野は何も言わず優しく微笑んだ。

城島は再び邂逅《かいこう》することのない、愛する人を見つめた。

神野もまた城島を静かに見つめた。

そして少しずつ神野の姿は薄くなっていった。

咄嗟に城島は湖に一歩踏み込んだ。
しかし
踏みとどまった。

城島は花束をそっと足元に供えると、神野からの手紙を開いた。

『親愛なる城島匠へ』

という、書き出しで始まる、城島に託した手紙には・・・白紙のまま一文字も書かれてはいなかった。


そのかわりに、夥《おびただ》しい涙の落ちた跡が残っていた。

言葉にならない神野の苦悩や想いがそこには溢れていた。

手紙を見つめる城島の瞳からも、とめどなく涙が流れ落ちていった。

そしてその涙はポタポタと、まるで在りし日の二人が連弾するかのように、手紙の上を濡らしていった。


城島は涙を拭い、手紙を抱きしめた。

そして前を向いた。

湖面をすこし暖かい一陣の風が吹き抜けていった。

音楽が鳴った気がした。

（完）

<Appendix>

Requiem

Sacred souls soar in the silence
we walk alone on the road of thorns
As Jesus sheds His blood for us, the tears of the stars fall from the darkness
I hold you ...
Melodies of sorrow Calmly weep, As the world below in stillness sleeps
I always feel ashamed of the withered earth
Remnants of time carried on the cold breeze
Let the hands of time cease for your smile and joy
Rest eternal, where peace is found
Your light holds me

あとがき

宇咲 海里

この作品は、映画『REQUIEM ～ある作曲家の物語～』を構想している段階から、菅野監督とのイメージの擦り合わせ等の必要性もあり、脚本とは別に個人的に書いていたものが基盤となっています。

そこから映画の展開に沿いつつも、小説ならではの表現やイメージを取り入れ書き上げました。

この作品は「ある作曲家」が主人公の物語です。それ以上でもそれ以下でもありません。

主人公は俗に言うセクシャルマイノリティなわけですが、苦悩の本質はそこにありません。ストーリー上も主人公がセクシャルマイノリティであるとわかるのはだいぶ読み進めてからです。なので、セクシャルマイノリティの日常を面白おかしく描いたり、殊更に〝そこにあるべき〟と思われがちな苦悩に焦点をあてることを敢えてしませんでした。

理由は簡単です。マジョリティであれ、マイノリティであれ、そういうこととは無関係に人は日常の出来事に悩み苦しみ生きているものだからです。

もちろん、遠因としてその「マイノリティ」であることが関わっていることもあるでしょう。

もしかしたらそのことが呪縛となって苦しみ生きている人もいるかもしれません。

しかし少なくとも、この物語の主人公はそのことよりも、誰でもが当然にトラウマとして心に疵を残す親友の死や、交わされた約束、自分の存在意義、社会的評価、羨望、嫉妬、信頼、裏切り・・・等、多くの「誰もが持ちうる感情」の狭間で苦しんでいる〝だけ〟の存在です。

そこにマジョリティであることもマイノリティであることも関係ないのです。

この私たちが生きる世界には「あたりまえ」にマジョリティから外れたところで生きる人がいて、その悩みがいつもそのマイノリティであることが根本原因にあるわけではないという、至極当然のことを前提として書きました。

誰かの当たり前は誰もの当たり前ではなく、かといって、特別な存在だから悩みも特別なんてこともないはずです。

私はそんな「あたりまえ」の苦悩を、特殊な環境に生きる人を通して書いてみたかったのです。

最後に
小説化にあたって、強く後押ししていただき、表紙写真及び挿画までご提供くださいました俳優、加藤雅也様。

小説化を快諾していただきました映画『REQUIEM ～ある作曲家の物語～』監督であり、私の描く世界の一番の理解者である菅野祐悟様、製作委員会の皆様。

そして何より、出版にあたりご尽力いただきました、株式会社ベンテンエンタテインメント倉谷宣緒様に心より感謝を申し上げます。

二〇二五年二月二日

出版に寄せて

菅野 祐悟

宇咲海里さんとはじめてお会いしたのは六本木のホテルのBARだった。

宇咲さんは、ビシッとした黒いスーツに、洒落たネクタイをしていた。

端正な顔立ちでサングラスをしていて姿勢がよく堂々としていて、少し威圧感があった。

お互い最初は少し様子を伺いながら乾杯したものの、話し出したら妙に気が合ってしまい気がつくとBARを3軒梯子していてすっかり意気投合した。

最初の少し怖い印象とは裏腹に、とても優しく気を使ってくださる方だった。

それから頻繁にお会いして、小説、音楽、映画、アート、哲学、政治、経済などについて心のままに自由に語りあった。

どのジャンルにおいても、僕よりも凄まじい知識と確固たる考えや哲学を持っていて、まるで大学の授業を聴講しているかのようだった。

何より物事に対しての視点が面白かった。

僕は友人という顔をしながらすっかり宇咲海里の虜になっていた。

実は宇咲さんは、僕と出会った時は、まだ小説や脚本や詩を商業作品としては発表していなかった。

理由を聞くと、二十歳手前に、家庭のままならぬ事情で断筆せざるを得なく、実業において経営者となる道を選んだという。

僕はこの宇咲海里という方の生み出すクリエイティブが見たくなった。

正確には彼の言葉を世の中の人に知って欲しかったのだと思う。

僕は宇咲さんを焚きつけようと試みた。

僕の処女映画監督作品『DAUGHTER』の脚本を依頼したのだ。

すると彼は数日で、たちまち脚本を書き上げてしまった。

僕は、これは想像以上に凄い脚本家を見つけてしまったのかもしれない、とすぐにプロデューサーに脚本を送った。

プロデューサーからもすぐに電話がかかってきて、映画化をしましょうと返事がきた。

そして夜な夜な二人で推敲を重ねて、晴れて僕の初監督、そして宇咲海里のデビュー作が世に放たれた。

竹中直人さん主演で映画化された『DAUGHTER』は横浜国際映画祭のクロージング作品に選ばれ、全国で公開されることになった。

しかし『DAUGHTER』は、僕ら二人には始まりにすぎなかった。

さっそく二作目の映画を作ることを決めた。僕が最初にお願いしたのは音楽映画にするということ。作曲家を主人公にすること。

宇咲さんは作曲家の僕を誰よりも知ってくれている関係値がある。その前提を元に宇咲さんの筆力があれば必ず良い作品になると確信があった。

もう一つ特筆すべき宇咲海里の才能はスピード感だ。

オファーから数日後には、プロットが上がってきた。

そしてそこから数ヶ月。

映画のプロデューサーや出資者も交えて毎日ディスカッションをしながら脚本を仕上げた。

そして映画は完成した。

ここまで順風満帆かのように書いたが、とてつもない時間と労力があったと思う。

映画化するにあたり、予算や宣伝なども鑑み、沢山の制約の中で脚本を書き上げてくれた。

そんな制約を取っ払い、宇咲海里が自由になり書き上げたのが、この小説版「REQUIEM ～レクイエム～」だ。

この小説で宇咲海里の才能は遺憾無く発揮されていると思う。

彼は真に言葉の人なんだと感じた。

この小説を手に取ってくださった方には映画『REQUIEM ～ある作曲家の物語～』と小説「REQUIEM ～レクイエム～」を、両方味わって欲しい。

そこに僕と宇咲海里の未来を感じていただけたら幸いです。

二〇二五年二月八日

著者　宇咲海里
編集　倉谷宣緒
ブックデザイン　べんてんブックス
写真　加藤雅也
モデル　杉田のぞみ
資料提供　映画『REQUIEM ～ある作曲家の物語～』製作委員会

〈編集後記〉

俳優の加藤雅也さんから、著者の宇咲海里さんをご紹介いただき、この度の「REQUIEM ～レクイエム～」出版に関わることができた事は、私にとってこの上ない喜びです。

また本書出版に際し、映画『REQUIEM ～ある作曲家の物語～』の菅野祐悟監督を始め、関係者の皆様のご協力をいただき、心より感謝申し上げます。

宇咲 海里（うさき かいり）

一九六九年一〇月生まれ。小説家・脚本家・作詞家。
菅野祐悟 初監督作品 映画『DAUGHTER』で初脚本。
挿入歌「Dream Again」（唱 キムソンジェ）、「Far Away」（唱 KANATSU）
等の作詞も手掛ける。
また今作『REQUIEM ～ある作曲家の物語～』（菅野祐悟 監督）においても
脚本及び挿入歌「REQUIEM」（唱 KANATSU）、「恋するメリーゴーランド」
（唱 加藤雅也 ＆ 桜井玲香）等の作詞を担当する。

REQUIEM ～レクイエム～

二〇二五年二月二八日　初版第一刷発行

著者　宇咲海里

発行人　倉谷義雄

発行　㈱ベンテンエンタテインメント
〒一五〇-〇〇四三
東京都渋谷区道玄坂二丁目十二番一号渋谷マークシティW22階
☎〇三-四三六〇-五四九一（代表）

発売　㈱星雲社（共同出版社・流通責任出版社）

印刷・製本　㈱プリントパック

ISBN978-4-434-35529-5